CB061578

Caciano Kuffel

Aquilo que te faz cócegas no coração

Ilustrações: Diego Barros

1ª Edição
Fortaleza, 2018

CeNE
EDITORA

Copyright@2018 CeNE
Texto: Caciano Kuffel

Edição
Edmilson Alves Júnior
Igor Alves
Irenice Martins

Preparação de Originais e Coordenação Geral
Jordana Carneiro

Revisão
Cidia Menezes

Ilustrações de Capa e Internas
Diego Barros

Projeto Gráfico e Diagramação
Diego Barros

Edição Conforme o Novo Acordo Ortográfico da Língua Portuguesa
Dados Internacionais de Catalogação na Publicação (CIP)

Kuffel, Caciano Leu
Aquilo que te faz cócegas no coração / Caciano Kuffel; Ilustrações de Diego Barros - Fortaleza: CeNE, 2018.

Fortaleza: CeNe Editora, 2018.
128.: il. Color.

ISBN 978-85-68941-11-9

1. Crônicas. 2. Poemas. I. Título.

CDD B869.4

Ficha catalográfica elaborada pela Bibliotecária Rafaela Pereira de Carvalho
CRB-1506

CeNE EDITORA
Av. Santos Dumont, 1343 - Loja 4
Centro - Fortaleza - CE - CEP 60.150.161
www.editoracene.com.br
(85) 2181.6610

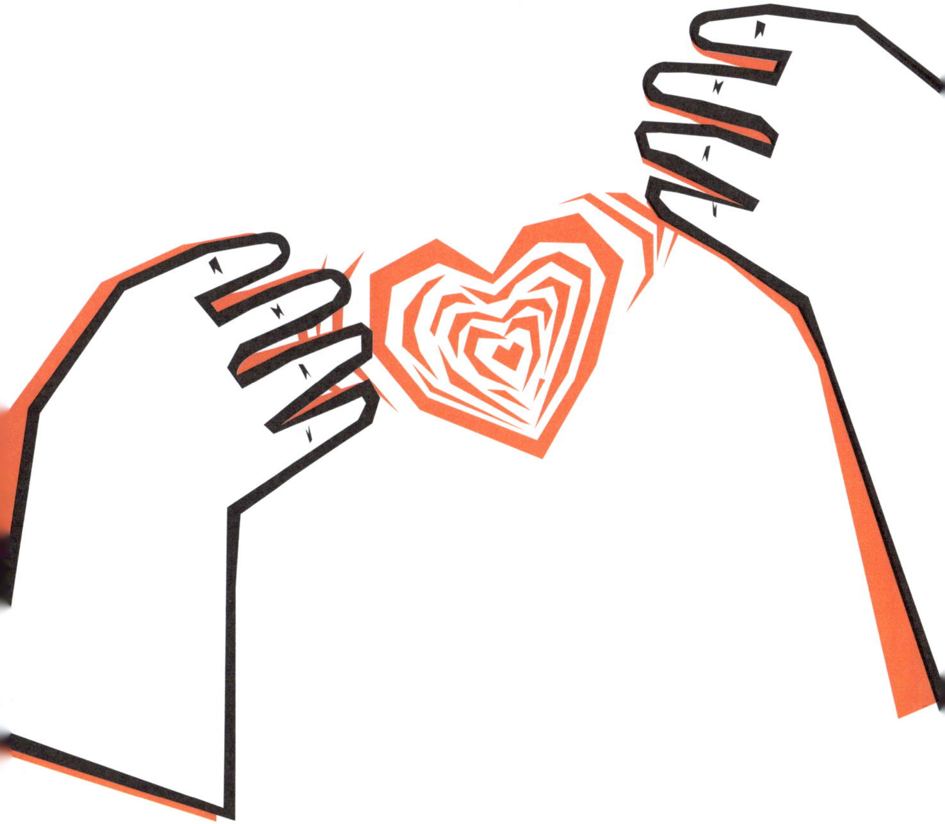

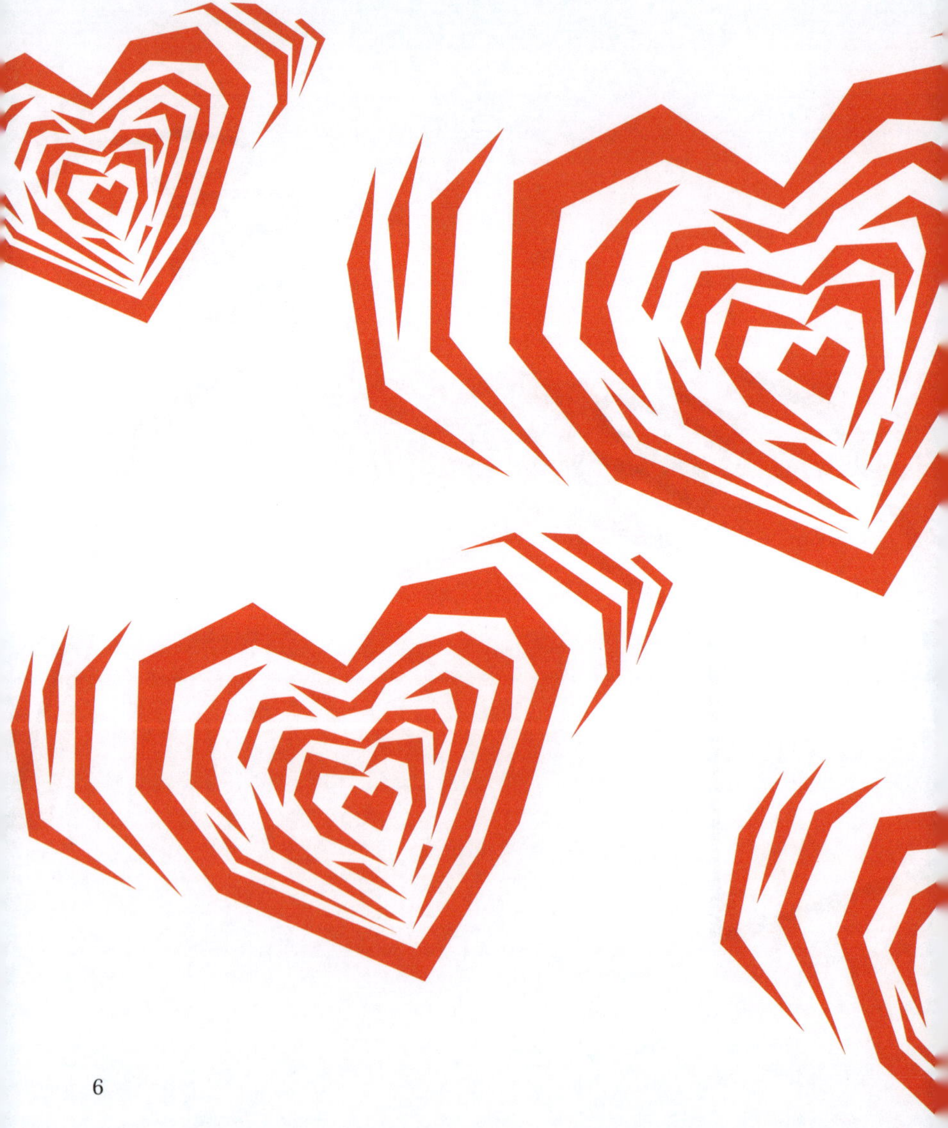

Dedico a todas as pessoas que já me fizeram perceber o amor. Meus pais, amigos e é claro, minha noiva, minha musa inspiradora.

SUMÁRIO

Será que eu falo pra ela que eu tô a fim?......14
Não era amor......20
Uma nova desculpa para não ir......22
A falta que você me faz......24
Como esquecer alguém?......26
Mesmo sem saber que era você......29
É só meu jeito......30
Amiga......32
Mãe......34
De perto ninguém tá assim tão bem......36
Não vá dormir com raiva......38
O dia em que o ciúme foi maior que nós......42
Os jovens e o amor......44
Coração e razão......46
E tu, já disse "eu te amo" hoje?......49
Joguinhos de amor......50
A parte escondida de um relacionamento......52
Se namore......53
Prova de amor......56
E eu fico esperando......59
Ausência que se faz presente......60
Você é importante......62
Que se foda......64

Mulherão	66
Namorar é do caralho	68
Um dia você vai me entender	70
Você mora no meu coração e não paga aluguel	71
Por que a gente briga tanto?	72
Um relacionamento atrás do outro	74
O amor e o ciúme	75
Passado não importa	76
Ela fala demais	77
Não permita ser feita de gato e sapato	78
Amor pra vida inteira	80
Geração do amor próprio	82
Casalzão da porra	84
Os outros	86
Eu queria dizer que te amo, mas tenho medo	87
Pessoas tóxicas	88
Para sempre dia dos namorados	90
O amor da minha vida se casou hoje	92
Ansiedade	96
Eu não podia me apaixonar	98
Você disse que não	101
Meu filho	102
Quando eu saí sem me despedir	104
Alguém vai vibrar ter te conhecido	106
Pedir desculpas	109
Era pra ser você	110
Poesia com chimarrão	112
Eu sempre acreditei no amor	116

Honestamente, espero que ao terminar esse livro você perceba que só perdeu tempo.

Gostaria que ao ler as páginas você já conheça o autor. Mas, se não conhecer, prepare-se para ver sua alma! O texto está sendo entregue a ti em linhas simples e diretas, mas não se engane, os temas são complexos.

Pode te parecer que Caciano fala sobre o amor de modo romântico, ou platônico. Bem por isso eu queria que você já o conhecesse. Nem que seja por ter assistido um de seus vídeos; ter conversado em algum rolê; apreciado um show de mágica ou de humor; ou mesmo ter tido a felicidade de ser wingman deste artista venusiano. Poxa, mesmo que somente o tenha visto em algum lugar aleatório, carregando um chapéu, já sabe que a simplicidade que ele expressa é o produto de sua própria complexidade e maturidade.

Não há Platão no texto, há Bukowski no modo direto como fala e na praticidade em lidar com os difíceis temas (dilemas?). Ora, os assuntos são complexos e estão inseridos em uma realidade parecida com a retratada pelo escritor estadunidense, um contexto de existências rasas e autocentradas e de extrema dificuldade para enfrentarmos nossos fantasmas existenciais; a pós-modernidade egoísta e egocêntrica. Mas, se o Velho Safado escolheu o estilo ébrio ao analisar a existência, nosso autor sempre preferiu o humor. Mas ambos largaram o sonoro que se foda para tudo isso.

No humor, que tantas vezes nos trouxe leveza para encarar o cotidiano, Caciano encontrou a forja de uma personalidade cativante e a matéria-prima para entender a vida pelas lentes do amor. Assim, o surgimento da Musa Inspiradora, ao que parece, fez desabrochar um homem capaz de inspirar milhões, com leveza, encanto e sinceridade. Por isso não há Platão, pois a verdade aqui não está um plano inalcançável, mas na prática diária de compressão, respeito e empatia, que é como ele demonstra o amor.

O autor ainda é um mágico. Mas o que ele apresenta agora não são cartas e truques, mas um pedaço de sua alma. E tal qual Mister M, Caciano nos dá de presente a revelação do segredo por trás de sua magia.

Assim, a prosa dessa obra cujo autor tenho orgulho de dizer que é meu amigo, poderá mudar a maneira como você enxerga seus relacionamentos e a vida. Peço, aceite o convite desse jovem talento, dê-lhe a mão e confie!

Se você leu esse truncado prefácio até aqui, tenho certeza que chegará ao "Eu sempre acreditei no amor" e entenderá que, como toda arte, música e filosofia, esse livro foi uma perda de tempo. Bem como que é tão somente perdendo tempo e se perdendo no tempo que podemos tocar a mais cálida essência de nossa existência e daquilo que somos – o amor.

E se você, como eu, perceber que também precisa se perder do próprio tempo para viver esse amor prático e transcendente apresentado pelo autor; também como eu terá tido seu coração tocado por cócegas. E talvez compreenda que você perdeu todas as horas que investiu lendo as páginas, apenas para perceber que o que ele propõe é o retorno ao que você tem dentro de si: honestidade, cumplicidade, empatia, respeito, independência e amor. Demasiado amor!

Reginaldo Leonel Ferreira - Amigo

Será que eu falo pra ela que eu tô a fim?

Será que eu falo pra ela que eu tô a fim?

Eu a vi no ônibus, com seu fone, perdida no mundo dela.

Será que eu falo pra ela que eu já tô a fim dela?

Ela desceu do ônibus e eu pude ver de longe aquele sorriso, fugindo pra longe da minha visão

Droga, eu deveria ter dito que eu tava a fim dela.

Meu dia se passou lento, fiquei pensando naquela menina, em todos os assuntos que a gente poderia ter juntos.

No outro dia, na mesma hora em que eu sempre pegava o ônibus, fiquei torcendo pra ver aquela imagem novamente.

Eu a encontrei, para a minha felicidade, e naquele dia ela parecia ainda mais bonita.

Será que eu falo pra ela que eu tô a fim?

Eu tentei ouvir a música que ela ouvia no fone, poderia ser um jeito de puxar assunto, mas não consegui ouvir nada.

Tentei descobrir o colégio em que ela estudava, não consegui, e quando pensei em falar, como o ônibus estava apertado, chegou sua hora de descer e de novo não falei com ela.

No outro dia fui pegar o ônibus já com um plano em mente: iria perguntar o que ela estava ouvindo. E deu certo!

Ela entrou, eu fiz contato visual, me enchi de coragem e perguntei:

- Hey moça, o que tu tá ouvindo?

Ela riu e me confessou que não ouvia nada, só deixava o fone no ouvido pra que ninguém puxasse papo com ela. Eu não sabia se continuava depois disso, mas quem continuou foi ela, e então a gente acabou conversando sobre tudo, música, filmes, escola, o ônibus.

Caramba, nunca vi um papo fluir tanto. De tanto que falamos eu esqueci de pedir seu número, ou perguntar seu sobrenome, pra procurar pelas redes sociais.

Eu passei o final de semana inteiro tentando achá-la, tudo em vão. Na segunda-feira eu estava tão ansioso para vê-la no ônibus que acabei saindo com um pé de cada tênis, pelo menos ela riu bastante de mim, caramba como eu amava aquela risada.

A gente trocou contato, e naquela semana conversamos muito pelo WhatsApp.

Será que eu falo que eu tô a fim dela?

No fim de semana a gente tinha marcado de se encontrar pra conversar sem aquela pressa do ônibus, ela foi com uma amiga.

A amiga não abria muito a boca, parecia estar sempre ansiosa, mas eu acabei esquecendo disso e prestando atenção naqueles lábios que se mexiam de um jeito bonito, faziam o nariz mexer junto enquanto ela falava coisas divertidas.

A amiga acabou ficando tempo demais no banheiro, mas foi perfeito, pois no tempo que ficamos sozinhos acabou rolando nosso primeiro beijo. Apesar disso eu conseguia ver a fisionomia preocupada dela.

Era óbvio que eu estava a fim dela, e eu ia dizer, estava pensando em me declarar, nunca tinha sentido isso por ninguém.

VOCÊ É TUDO
QUE EU QUERIA,
TUDO QUE EU
PRECISAVA, TUDO
QUE EU SONHAVA
QUE PUDESSE
AINDA EXISTIR

17

Domingo passou, a segunda voltou, e eu ia vê-la de novo no ônibus, mas ela não apareceu, fiquei preocupado porque a gente nunca tinha faltado. Eu mandava mensagens pra ela e ela não respondia.

Na terça ela respondeu, falou que a mãe dela a tinha mudado de escola, por isso ela não ia mais de ônibus, mas a gente marcou no final de semana.

No final de semana quem apareceu foi a amiga dela, ainda mais ansiosa, mais preocupada, pra me dizer que ela não ia poder mais aparecer. Eu perguntei o porquê, mas ela não me disse.

Semanas, meses se passaram eu não conseguia mais conversar direito com ela. Quando algo me fazia lembrá-la no dia, eu mandava mensagem, ela respondia, ria. Falamos sobre isso, mas ela não me explicava o que tava acontecendo na sua vida.

E quando ela parou de fato de falar, eu olhei seu Facebook e seus amigos e parentes, comentando como ela estava sendo guerreira lutando tão bravamente contra o cancêr.

Quando fui conversar com a sua amiga, ela me deu a triste notícia que ela não estava mais entre a gente.

Você é tudo que eu queria, tudo que eu precisava, tudo que eu sonhava que pudesse ainda existir.

Falei como eu estava a fim dela, mas já era tarde e ela nunca ia saber mesmo. A amiga me disse que ela não quis mais me ver para que pelo menos um garoto bonito lembrasse dela também bonita.

Que besteira, a parte mais bonita dela era o jeito como ela olhava, o jeito como ela falava, o jeito como a gente se conectava, mas ela nunca vai saber.

Poxa vida, eu devia ter dito que estava a fim.

19

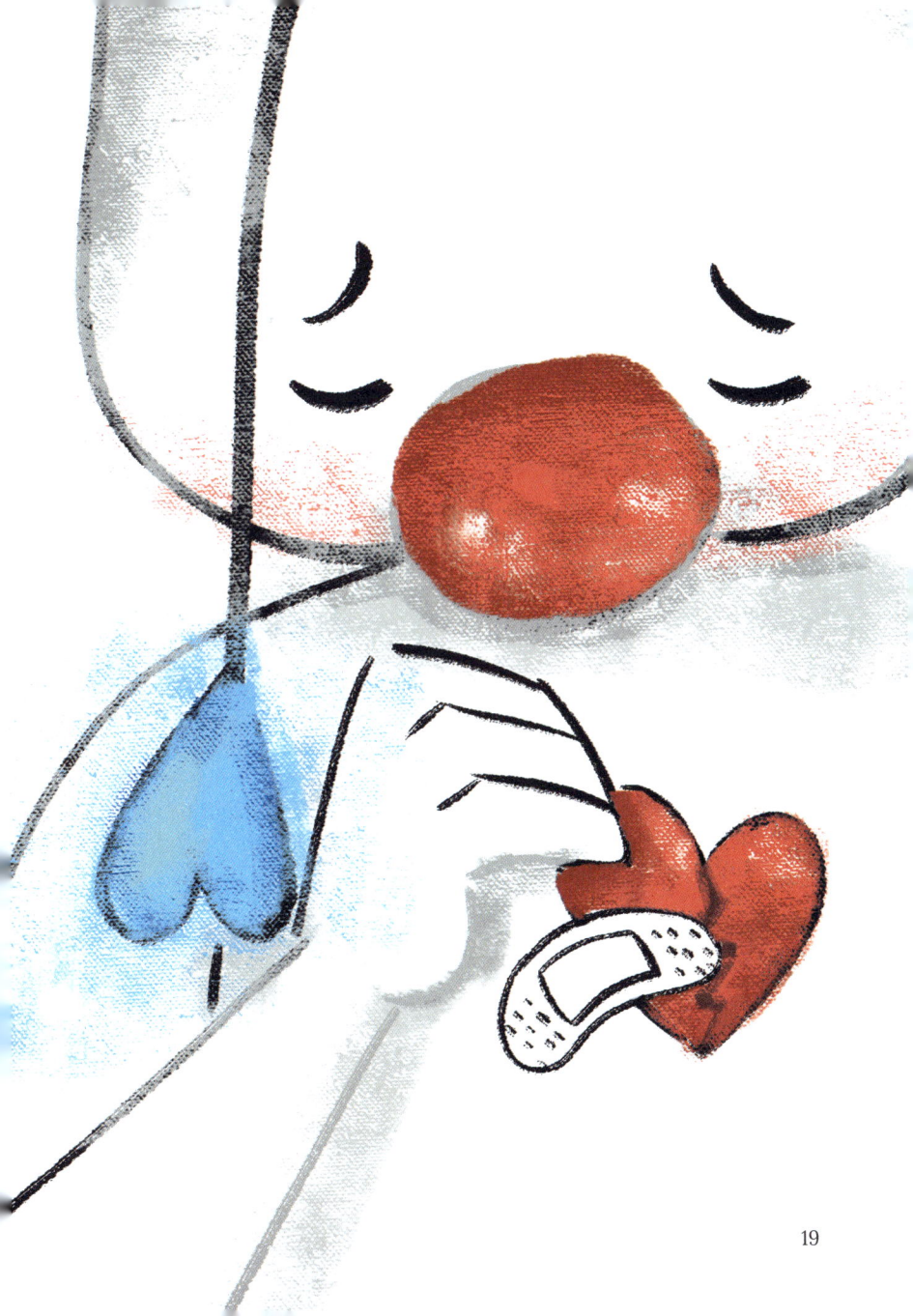

NÃO ERA AMOR

Eu lutei por anos para um relacionamento dar certo, eu perdoei coisas imperdoáveis, eu deixei de lado pessoas que se importavam comigo, eu abdiquei da minha vida pra viver uma outra que não era a minha. Eu me transformei em alguém que eu não era só pra agradar alguém que não se importava de verdade comigo.

Eu me arrastei pelas migalhas da sua atenção, eu me humilhei por pedaços do seu amor, fiz de tudo pra que algo sem futuro tivesse ao menos um presente.

Era óbvio que isso ia acabar, não sei porque eu insisti tanto, dizem que é mais fácil a gente sofrer com o que conhecemos do que tentar ser feliz com o desconhecido.

Quando você foi embora eu acreditei que tinha morrido metade de mim, quando você foi embora eu acreditei que nunca mais encontraria alguém capaz de me amar de novo. Mas quando você se foi eu pude perceber que não era amor de verdade, que era só algo passageiro, que não era verdadeiro, que tudo que a gente tinha era descartável.

Eu entendi que você nunca me mereceu, que meu amor pra você não valeu, que o coração que eu te dei nunca deveria ter sido seu.

Agora eu segui meu caminho, a estrada pra felicidade é longa e você foi só uma pedra para o meu objetivo

Não era amor.

Amor não machuca, o que machuca é o que passamos para encontrá-lo.

FIZ DE TUDO PRA QUE ALGO SEM FUTURO
TIVESSE AO MENOS UM PRESENTE

UMA NOVA DESCULPA PARA NÃO IR

Do que adianta sentir falta e não procurar?

Do que adianta gostar, mas não demonstrar?

Do que adianta ter na mão e não valorizar?

Depois as pessoas reclamam de solidão, de não ter ninguém.

Vivemos nesse tempo de pessoas que se isolam e reclamam que ninguém as procura.

Ninguém fica sozinho porque as pessoas não vão procurar, ficamos sozinhos porque escolhemos assim...

Todas as vezes que inventamos estar cheios de coisas, mas na

QUEM MUITO SE AUSENTA DEIXA DE FAZER FALTA

verdade o que queremos é ficar sozinhos assistindo Netflix e fazendo vários nadas.

Todas as vezes que dizemos, "a gente se fala", mas nunca mais falamos.

Toda vez que ignoramos uma mensagem ou fazemos de conta que não vemos.

Me responde, foram as pessoas que te abandonaram ou foi você que as abandonou?

Quem quer se inclui num grupo, quem quer acha um tempo, quem não quer inventa uma desculpa. Quem muito se ausenta deixa de fazer falta.

VAI SER O SEU OLHAR QUE EU

A FALTA QUE VOCÊ ME FAZ

A casa está cheia da falta que você me faz, desde que você se foi tudo me lembra você.

Esse silêncio ensurdecedor me consome. Eu queria fugir daqui, fugir das nossas lembranças, fugir de mim mesmo.

Mas não adianta, seu cheiro ainda está em mim, sua presença ainda está aqui e meu coração ainda está com você.

O destino não quis a gente juntos pra sempre e o nosso pra sempre acabou. Eu queria poder voltar atrás, queria dizer que vai ficar tudo bem, queria que a gente ficasse bem de volta, queria que todas as brigas não tivessem acontecido.

Você tentou destruir nosso amor, você fez com que tudo parecesse errado, mas eu sempre lutei pela gente, eu sempre lutei por nós.

VOU QUERER ENCONTRAR

Dizem que é sempre amor mesmo que acabe. Não dá pra acreditar que acabou, que eu não vou te ter mais comigo, esse luto da sua presença não vai passar.

Não importa quantas festas, quantos bares, quantas pessoas eu conheça, vai ser sempre você que eu vou procurar em cada copo, em cada esquina, vai ser o seu olhar que eu vou querer encontrar. Eu não tive o tempo necessário pra te dizer o quanto tu era importante pra mim, o quanto eu podia te fazer feliz, o quanto eu queria que fôssemos felizes. Erro meu, acho que talvez isso tivesse salvado tudo. E se meu amor pudesse te curar?

O tempo não para, mas se pudesse eu iria parar naquele dia que a gente prometeu um pro outro que seria pra sempre. Dizem que tudo na vida tem remédio, mas a morte é uma doença incurável, meu amor vai estar sempre contigo, onde quer que você esteja.

Como esquecer alguém?

Tu ainda está naquele período onde o coração dói, as lágrimas caem e a boca seca ao olhar as fotos do teu ex-amor?

Tu ainda acha que vai ser impossível esquecer e que nunca mais vai viver um amor igual?

Teu amor partiu e acabou com tudo, planos, sonhos, desejos, acabou com um pedacinho da sua vida?

Desculpa te jogar a verdade na cara, mas ninguém esquece ninguém, ninguém esquece nada.

Não existe remédio pra isso.

A GENTE NÃO ESQUECE NINGUÉM, A GENTE SUPERA

Mesmo sem saber que era você

eu sempre pedi pra te encontrar

Mesmo sem saber que era você

Mesmo sem saber que era você eu sempre pedi pra te encontrar

Mesmo sem saber o que eu queria, quando te vi percebi que era tudo o que eu precisava

Meu caminho pareceu claro quando você o iluminou

Eu que nunca idealizei ninguém, nunca tive um tipo, quando tu surgiu na minha vida se mostrou meu ideal e de repente meu tipo era você

Se amar fosse voar você seria minhas asas

Em seu olhar é onde eu me sinto em casa

Quando eu esbarrei em você parecia cena de cinema

Minha vida virou filme, eu virei música e você virou poema

Você está nadando nas minhas veias e eu tô andando sem freios
Você é meu fim, meu início e meu meio

Era seu sorriso que eu procurava sem saber

Era o nosso amor que eu pedi pra nascer

Era tua conchinha que queria pra dormir

Você é a pessoa que eu sempre sonhei e eu nem sabia que podia existir

É SÓ MEU JEITO

Meu jeito já afastou pessoas que eu gostava,

Já falei coisas que eu não gostaria,

Já me ausentei quando eu não deveria.

Às vezes eu me sinto sozinho e às vezes eu preciso ficar sozinho.

Já magoei quem não merecia e deixei passar oportunidades que eu não podia perder.

Eu não sei explicar porque num dia estou tão animado que eu podia mudar o mundo, no outro eu só queria sumir, ficar na cama sem falar com ninguém.

Sei quem eu sou de verdade quando estou bem, quando eu falo, quando eu faço. Esse que se esconde e foge das pessoas não sou eu, é só uma sombra que insiste em tomar conta de mim de vez em quando.

Além de tudo eu sou péssimo em pedir desculpas e mestre em ficar sem jeito.

Por isso, amigos dos quais eu fujo,

Amigos para os quais eu invento desculpas pra não sair,

Amigos que eu sei que estão sempre ali se eu precisar, não é que eu não ame vocês ou não me importe com vocês, eu só não sei muitas vezes lidar comigo mesmo.

#@®©!

JÁ FALEI COISAS QUE EU NÃO GOSTARIA, JÁ ME AUSENTEI QUANDO EU NÃO DEVERIA

AMIZADE É SOBRE QUEM ENTROU NA SUA VIDA E DISSE: "TÔ AQUI MESMO QUE TUDO DÊ ERRADO"

AMIGA

Amizade não é sobre quem entrou primeiro na sua vida ou há quanto tempo vocês são amigos. Amizade é sobre quem entrou na sua vida e disse "Tô aqui mesmo que tudo dê errado". Amizade é entender mesmo quando a amiga é imperfeita, teimosa, impulsiva e um pouco doida. Amizade é mais que saber de tudo, é estar junto pra tudo. Não é dizer "não faz isso", é fazer junto. Amigos de verdade falam sobre tudo, sem precisar ficar medindo as palavras, sem ter assunto proibido, sem mimimi.

Quando a amizade é verdadeira tu olha pra pessoa e pensa que não conseguiria mais viver sem ela. Amigos de verdade sabem que às vezes a gente mente pra si mesmo, fala que nunca mais vai ficar, nunca mais vai falar, mas fica, fala e até faz planos pra quando ele mudar. Amigos estão juntos principalmente quando as coisas dão certo, porque quando dão errado já tem um monte de urubu.

Pessoas vão passar pela tua vida, mas os amigos de verdade vão ficar. Mesmo que vocês não se falem sempre, os amigos estão lá pra quando tu precisar.

Mais que amiga ela é sua irmã. Não de sangue, mas se ela precisar do teu sangue, eu sei que tu daria por ela.

MÃE

Oi mãe, eu sei que nem sempre eu consigo te dar orgulho

Eu sei que eu ainda não sou aquilo que tu tinha planejado que eu fosse

Eu sei que eu já fui esquecido, sei que eu podia ter mostrado que eu te amo mais vezes

Sei que eu podia ter ido ao teu encontro mais vezes

Eu sei também que não importa o que aconteça eu posso contar contigo, quando todo mundo for contra mim, eu sei de verdade que é com teu amor que eu posso contar, com seu apoio, eu sei que não importa o que eu tenha feito, tu vai estar comigo.

Se eu viajar e ficar longe por anos, eu sei que é pro seu colo que eu posso voltar.

Eu posso estar pelo mundo, tentando ganhar um pedacinho do que me pertence, posso brigar com o universo, posso lutar minhas batalhas, se eu precisar de um apoio sincero eu sei que é em você que eu vou achar:

O abraço mais verdadeiro

A preocupação mais sincera

O amor mais puro e incondicional

Mãe, fica tranquila porque o dia em que tu não puder mais vir até mim, eu vou até você.

Se um dia tu esquecer meu nome, eu vou te lembrar quem eu sou.

Se um dia tu já não puder mais expressar todo seu amor, orgulho e alegria em me ver, eu vou sentir e lembrar de todas as vezes que tu já me disse isso.

Mãe não importa como, não importa onde, não importa o que a vida faça com a gente, você sempre continuará sendo a parte mais importante da minha vida.

De perto ninguém tá assim tão bem

Não somos esse casal perfeito que a gente aparenta ser.

Sentimos ciúmes monstruosos um do outro.

Brigamos.

Fazemos coisas que deixam o outro magoado.

Eu sei que quem olha assim de relance acredita que temos o tão sonhado relacionamento sem brigas, onde os dois se entendem, onde os dois se dão espaço, onde os dois estão em paz e nem criam monstros na sua própria cabeça.

Não é assim que acontece.

Outro dia em uma discussão acabamos nos perguntando se não era mais fácil ficarmos sozinhos de novo, sem esse peso de ter que dar satisfação sobre o que um faz, ou o que fez.

Estar sozinho pode tirar o peso da satisfação.

Estar sozinho pode tirar a dor do ciúme.

Estar sozinho pode sim, fazer algumas dores passarem.

Mas estar sozinho vai te criar tantas outras dores

A dor da saudade

A dor da falta

A dor de ter deixado uma companhia incrível por causa de uma ou duas brigas

Eu sei que quem olha assim acredita que somos um casal pra se inspirar, mas temos muitas falhas, muitas dores de cabeça, muitos erros compartilhados.

Se tu quer se inspirar na gente como modelo de casal perfeito, tudo bem, mas saiba que de perto ninguém tá assim tão bem.

Saiba que de perto, ninguém tá assim tão bem

Não vá dormir com raiva

Lembra de todas vezes que a gente já brigou?

Lembra de como já sentimos ciúmes um do outro?

Lembra de como dormimos sem nos falar direito?

Sem dizer boa noite?

Sem dizer eu te amo?

Eu não sei se tu consegue lembrar, mas eu sim.

Eu lembro.

Não sei se tu consegue lembrar, mas eu lembro do dia em que tu saiu sem me dizer bom dia, de como aquele dia a gente ficou afastado, eu não podia dar meu braço a torcer em puxar papo, em pedir desculpas, afinal a gente tinha brigado e eu não ia recuar. Não porque eu tivesse razão, mas eu queria mostrar como tu ia sentir minha falta.

Para todo o Sempre

Não sei se tu pode lembrar, mas eu sim.

Eu lembro.

Fui pros meus compromissos diários e tudo que eu fazia era olhar a droga do celular esperando uma mensagem tua, algo pra que a gente pudesse ficar bem.

Nada acontecia, eu voltei pra casa já à noite, ainda sem querer voltar atrás, eu olhava pro celular, checava todas as redes pra ver se tu tinha postado algo, coloquei uma indireta ou duas, mas nada, tu não vinha falar comigo. Será que tu tinha desistido de mim, assim por uma briga à toa?

Decidi tarde da noite te mandar mensagem, tu nem visualizou.

Esqueci e dormi, acordei no outro dia e nada de mensagem.

Nada.

Tu tinha me esquecido, por conta de uma discussão?

Te mandei "textão" e sem conter minha ansiedade te liguei, caía na caixa postal. Esperei até a noite e liguei pra sua mãe.

Foi então que sua mãe passou o telefone para o seu pai. Não sei se tu pode lembrar. Teu pai falou que tu tava no hospital, eu sem esperar fui pra lá correndo.

Eu só conseguia lembrar de como a gente estava distante na noite anterior, de como a gente havia brigado sem motivo, de como eu não tinha dito que te amava e de como eu deveria ter gritado mais pro mundo que tu era a melhor coisa que tinha me acontecido, de como eu deveria ter largado o celular e prestado atenção em ti.

Caramba, que imbecil que eu fui!

Cheguei no hospital, sua mãe e seu pai não estavam mais lá, quem me recebeu foi o médico, com a triste notícia, tu não estava mais lá, já tinham movido teu corpo.

Lembra disso? Não sei se tu pode lembrar.

Eu só consigo lembrar de como eu podia ter te amado mais, me doado mais.

Tu sempre foi inteira comigo, sempre foi verdadeira, sempre se doou, hoje eu enxergo. Alguns dizem que tu se perdeu, distraída chorando. Eu não posso suportar essa dor.

Alguns meses se passaram já desde isso, e como se não bastasse minha dor, hoje um mês depois, eu recebo em minha casa um presente seu, aquele livro que a gente tinha visto na livraria, em cima um bilhete seu que dizia:

Não importa o que aconteça, será para sempre. Para todo o sempre.

O DIA EM QUE O CIÚME FOI MAIOR QUE NÓS

Outro dia eu e minha noiva tivemos uma briga por causa de ciúmes. Ambos somos naturalmente inseguros. Vivemos com medo que o outro ache alguém melhor e assim do nada o interesse morra.

Sabemos que isso é insegurança, parece que às vezes nosso pensamento insiste em transportar nossa vida pra adolescência, onde os medos desse tipo estão.

Depois de conversar muito sobre o que sentíamos, decidimos que isso tudo era uma bobagem, isso só estava acontecendo porque estávamos com muito tempo livre. A gente já tinha acabado de assistir todas séries em atraso, maratonamos Harry Potter e pronto, parecia que era a hora de ter uma briga.

Não foi assim, planejado, mas foi praticamente isso que aconteceu. Casais precisam fazer coisas diferentes quando estão nesse ponto da relação, precisam procurar uma ocupação, um assunto novo pra conversar. Se não voltam a ser pauta os ex, os sonhos em que ela te traia com o Rodrigo Hilbert, o dia no fevereiro de 1983 em que tu olhou pro lado na rua bem no momento em que uma mulher de beleza estonteante passava por ti.

Fizemos então uma viagem, para perto daqui, numa cidadezinha da serra, e voltamos cheio de paisagens, sabores e aromas que a viagem propiciou pra gente. Voltamos cheio de histórias boas sobre nós mesmos pra nos contar e nos fazer lembrar que ciúmes não são nada perto de tudo que ainda temos pra viver.

Os jovens e o amor

Um dia desses fui convidado a dar uma palestra em uma escola aqui do Rio Grande do Sul, o tema era "Amor em tempos de redes sociais", o público alvo eram adolescentes.

Percebi que estamos todos perdidos quando o assunto é amor, a maioria já não acredita nele, outros gritam que demonstrar amor, falar dele, que acreditar nele, vai te colocar num patamar de ser comandado em uma relação.

Se tu demonstra amor, tu é bobo.

Se tu fala o que sente, vai ser enganado.

Se tu acredita na pessoa que tem ao teu lado, é melhor se preparar pra ser chutado.

É isso que os jovens acreditam, e se os jovens são o futuro do país, então na próxima geração estaremos imersos em joguinhos pra ver quem vai demonstrar menos, sentir menos.

Eu te pergunto, leitor, que provavelmente, assim como eu, acredita no amor. De que adianta amar com freios? De que adianta sentir só um pouquinho? Pra que se relacionar com uma pessoa se não for pra ser com força, com vontade, com intensidade?

Vamos combinar uma coisa, mesmo que eu e você já tenhamos sofrido por amor, mesmo que ele já tenha machucado nossos corações, vamos perpetuar a ideia de que o amor existe?

Mesmo que tu já tenha sido magoada por um amor, eu tenho certeza

NÃO É QUEM TEM O PODER DA RELAÇÃO QUE É MAIS FELIZ

E SIM QUEM SE ENTREGA DE VERDADE

que tu também já teve ótimos momentos amando. Se propagarmos a ideia de que o amor existe, quem sabe os próximos jovens consigam verdadeiramente amar, e desse jeito tratar as pessoas à sua volta com mais respeito, carinho e sensatez, quem sabe os jovens vejam por fim que não é quem tem o poder da relação que é mais feliz e sim quem se entrega de verdade.

Coração e razão

Às vezes nosso coração demora pra perceber o que nosso cérebro já entendeu faz tempo.

É difícil acreditar que alguém que a gente amou tanto não sinta mais o mesmo por nós.

Acontece o tempo todo, mas vai por mim, o melhor que tu tem a fazer é seguir a vida mesmo.

Conheço alguém que se maltratou por muito tempo num relacionamento que já tinha acabado no primeiro mês de namoro, ela continuava com o carinha mesmo depois dele tê-la traído uma, duas, três vezes.

Ela me disse que continuava com ele porque ele parecia arrependido do que fez. Ela demorou pra entender que na verdade ele gostava de saber que tinha alguém ali por ele, enquanto ele continuava agindo como se fosse solteiro.

Demorou demais pra entender que se ele gostasse mesmo dela, não a faria de boba.

Demorou pra perceber que se ele gostasse dela, demonstraria com atitudes a altura do amor que ela tinha por ele.

Quando ela veio falar comigo e eu lhe disse que ela só estava com ele por causa do medo de ficar sozinha, com a esperança de que o seu sapo se transformasse num príncipe encantado, e eu lhe disse que não ia ter príncipe, que ela tinha se apaixonado pelo cavalo, seu coração finalmente entendeu o que se cérebro já tinha percebido, aquele amor não tinha acabado, ele na verdade nem tinha começado.

NÃO IA TER PRÍNCIPE,

ELA TINHA SE APAIXONADO PELO CAVALO

É TÃO BOM OUVIR "EU TE AMO", MAS É AINDA MELHOR FALAR

E tu, já disse "eu te amo" hoje?

É tão bom quando o "eu te amo" finalmente sai do nosso coração, atravessa nosso peito e salta da nossa garganta. Quando esse grito apaixonado finalmente ecoa seguro na sala.

Quando conseguimos falar isso, nossa vida se transforma de vez.

É necessário ter coragem pra falar pela primeira vez, é preciso pular de um prédio chamado amor sem ter a certeza que vai ter alguém pra nos segurar lá embaixo.

É tão bom ouvir "eu te amo", mas é ainda melhor falar, falar sem medo, falar com a certeza que toda vez em que for repetido só vai aumentar a certeza que o amor continua forte, firme e verdadeiro.

Por isso repita todo dia "eu te amo", precisamos ser lembrados sempre que o carinho está ali, que a força continua junto, que a vontade de ter o outro por perto resiste a qualquer tempo, a qualquer pedra no caminho, a qualquer fraqueza que possa ter acontecido.

Depois que tu diz essas três palavrinhas, tu transforma tua vida e transforma a vida da pessoa que ouviu. Não dá pra ficar inerte a palavras tão poderosas assim.

E tu já disse "eu te amo" hoje?

Joguinhos de amor

Se ela mandar mensagem, eu também mando.

Se ela fingir que não se importa, eu também finjo que não importo. É melhor não demonstrar o que sentimos logo de cara, se não o outro fica com o poder da relação.

Precisamos parar de fazer de conta, de fingir que somos mais fortes, de fazer joguinhos.

Se o que você quer é amor, deixa eu te contar algo sobre ele. Não tem como ele brotar sem nenhum risco.

Lembra daquela experiência na escola em que tu colocava um feijão em um algodão molhado e, como milagre, nascia uma plantinha?

Então, não existia mágica nenhuma, era só você colocando as coisas certas e deixando a natureza agir.

Agora me diz o que aconteceria se tu não colocasse um dos elementos? Se não deixasse que o sol aparecesse? O feijão simplesmente não brotaria.

E é assim com o amor também, se tu não colocar as coisas necessárias ele não aparece, e uma dessas coisas é o interesse, sem essa peça fundamental nada acontece, o amor não aparece se a gente não se arrisca, se não fizermos apostas.

Consigo ouvir a voz das pessoas que já sofreram por amor dizendo "Mas eu já sofri por amor, e se eu demonstrar e sofrer de novo?"

Se esse é o modo como tu pensa, tu ficará pra sempre com um feijão na mão que nunca vai brotar.

Pare de fazer joguinhos, demonstre o que sente, e aí sim, espere que algo aconteça, se não acontecer não se culpe, pois você fez o que podia, nem sempre o sol brilha na hora em que precisamos e queremos, mas fique em paz porque tu fez a tua parte.

A PARTE ESCONDIDA DE UM RELACIONAMENTO EM UM RELACIONAMENTO SÉRIO COM A SOLIDÃO

Namorar é muito mais que um status no Facebook, fotos no Instagram, beijos, amassos, e um anel no dedo.

Isso é só a ponta do iceberg, isso é só o que aparece pros outros, essa é a parte fácil do relacionamento.

Namorar é estar junto, é dizer eu te amo e demonstrar esse amor.

Namorar envolve duas famílias, duas histórias, duas vidas diferentes que vão se chocar;

Namorar envolve dias tristes, dias muito tristes e é necessário estar preparado para esses dias. É preciso, às vezes, ter força em dobro, por você e pelo seu amor.

Namorar envolve sentimentos, qualidades, defeitos, e cada vez mais defeitos que vão aparecer.

Mas namorar envolve também alguém em quem tu pode confiar, alguém com quem tu pode ser você mesmo, por inteiro, alguém que tu sabe que vai te ouvir de verdade.

Procure alguém pra ser profundo, procure um namoro que tu sinta que é pra vida inteira procure namorar além do que aparece no topo do iceberg.

Se namore

É difícil definir o que é amor de verdade.

Nossas referências de um relacionamento perfeito, de amor, estão baseadas em comédias românticas, em livros, em novelas, etc. E tá tudo errado.

Nossas relações estão baseadas em posse. Meu amor, Meu namorado, MEU. Só que ninguém é seu, não somos posse de ninguém.

Existem muitos crimes passionais, motivados por pessoas que não queriam que seus relacionamentos acabassem, motivados por ciúmes, por sentimentos de posse.

Como o amor pode se tornar raiva em tão pouco tempo? Isso é amor? Claro que não.

Cientistas provaram que amar ativa as mesmas regiões do cérebro que as drogas, então é isso que é o amor? Uma droga? Que dá até crise de abstinência?

Amar não é TER alguém.

O que é amor então? Amor não é sobre alguém que vai te consertar ou sobre alguém que vai te completar ou satisfazer todas suas necessidades, se você está procurando alguém assim, alguém que te complete, você está fazendo o errado.

Só podemos amar alguém se nos amarmos.

ANTES DE NAMORAR ALGUÉM, NAMORE A SI MESMO

Só podemos ser uma boa companhia pra alguém, se formos boa companhia pra nós.

Só devemos entrar na vida de alguém quando a nossa própria vida estiver em ordem.

Se você acha que ama, mas quer mudar alguma coisa na pessoa, você não ama realmente;

Se você entrar num relacionamento esperando consertar alguém você não ama seu parceiro, você ama a ideia da pessoa que ele vai se tornar, e isso é errado.

Você tem que amar quem você é, sentir-se confortável consigo, assim você poderá dar ao seu parceiro o mesmo respeito

Eu não sei se almas gêmeas existem, se você vai encontrar o amor da sua vida, mas eu sei que você precisa ser o amor da sua vida, pra depois viver um.

Antes de namorar alguém, namore a você mesmo.

Prova de amor

Prova de amor é mais do que dividir seu lanche preferido

Prova de amor é mais do que comprar um presente

Prova de amor é mais do que mandar uma telemensagem

Prova de amor é mais do que mudar o status do relacionamento no Facebook

Provar que ama de verdade está no dia-a-dia, nos pequenos gestos, nos pequenos atos.

Um amor não se prova depois de um gesto isolado ou de um presente bem embrulhado.

Um amor se prova com compreensão mesmo numa briga, com carinho mesmo num dia difícil, um amor se prova aos poucos, devagar.

Se tu quiser mesmo provar seu amor, cuide dele, procure entendê-lo e lute por ele.

Não existe prova de amor maior que carinho e respeito.

Deixar o outro confiante sobre o relacionamento é a maior prova de amor que pode existir

Para provar o amor, é preciso viver provando.

PARA PROVAR O AMOR, É NECESSÁRIO VIVER PROVANDO

E EU FICO ESPERANDO
QUE TEU MELHOR
SORRISO SEJA COMIGO
NOVAMENTE

E eu fico esperando

E eu fico esperando que você perceba quando me magoa

E eu fico esperando que você entenda que me fere

E eu fico esperando que tu me olhe como já olhou uma vez

E eu fico esperando que tu me abrace sem vontade de soltar

E eu fico esperando que teu melhor sorriso seja comigo novamente

E eu fico esperando nossas conversas sem hora pra terminar

E eu sigo esperando aquela nossa bolha de confiança onde a gente se conta tudo, sem esconder nada.

E eu fico esperando que nossa promessa de se amar pra sempre se torne realidade.

AUSÊNCIA QUE SE FAZ PRESENTE

Às vezes a ausência fala mais que a presença

A lágrimas falam mais que o sorriso

O silêncio fala mais que as palavras

A resposta que procuramos às vezes tá justamente quando ela não vem.

Não adianta procurar abrigo num coração ocupado

Não adianta cuidar de quem não se cuida

Não adianta tentar abrir espaço num abraço fechado

Procurar um olhar de afeto num olhar perdido e distante

Entenda o sinais, para não ir de contramão ao amor próprio

ÀS VEZES A AUSÊNCIA FALA MAIS QUE A PRESENÇA

Você é importante

Ei, tu não está sozinha, a tua vida é importante pra mim, estou aqui pra te ouvir.

Estou aqui, para te cuidar, pra segurar sua mão e dizer que tudo vai dar certo.

Estou aqui para não só dizer, mas para te mostrar que você não está sozinha. Serei seu ouvinte, seu ombro, serei para você motivo para acreditar que a vida tem muito mais a te oferecer e para isso você só precisa querer ver.

Você pode falhar e eu estarei com você.

Você pode desistir, mas eu não vou desistir de você.

Eu posso não conseguir impedir que as tuas lágrimas caiam, mas estarei ali pra enxugar

Queria que tu visse a pessoa incrível que é, queria que tu se enxergasse com meus olhos.

Tua vida tem valor, não desista de torná-la incrível. Tem pessoas que tu nem imagina que se importam com você.

Toda essas dificuldades vão te tornar mais forte.

Acredite em você, como eu acredito.

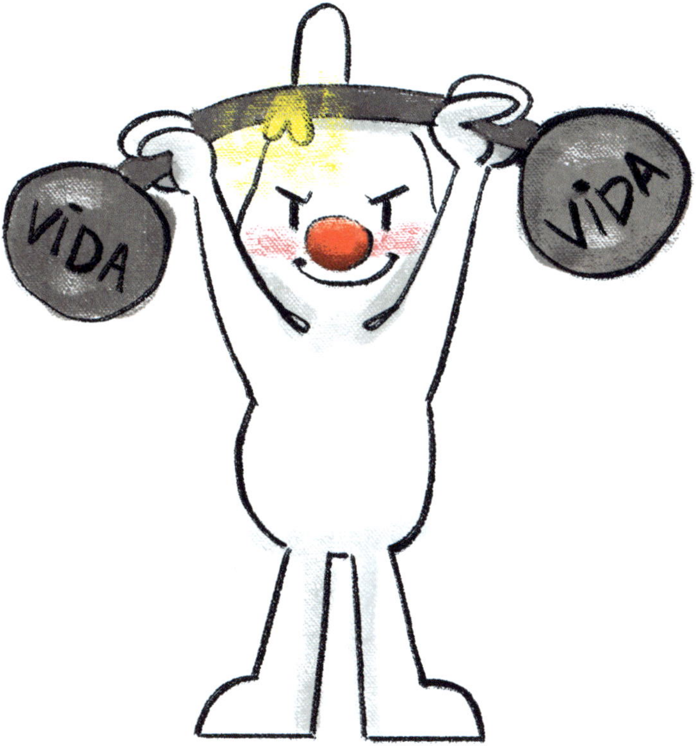
VIDA
VIDA

Que se foda

Sério. Que se foda!

Que se foda isso de se comparar com aquele primo que deu certo. Que se foda ter que usar roupa cara para parecer mais importante. Que se foda que não temos o sucesso esperado.

Nem tudo na vida dá certo, nem tudo é como a gente espera, é tá tudo bem. As pessoas vivem te colocando metas que nem tu se colocou:

E as namoradas?

E quando vai casar? E os filhos? Que se foda.

Eu ainda não alcancei as minhas metas de lotar teatros, de ter meu primeiro milhão no bolso e de conhecer o Silvio Santos, imagina a meta que os outros colocam pra mim?

Às vezes temos que nos desligar da opinião dos outros e saber o que é importante pra gente, como é melhor enxergarmos a vida.

Não quero usar roupas boas pra impressionar ninguém, não quero me formar em medicina pra agradar minha mãe, não quero viver uma vida baseada no que os outros esperam de mim. Então que se foda!

NÃO QUERO VIVER UMA VIDA BASEADA NO QUE OS OUTROS ESPERAM DE MIM

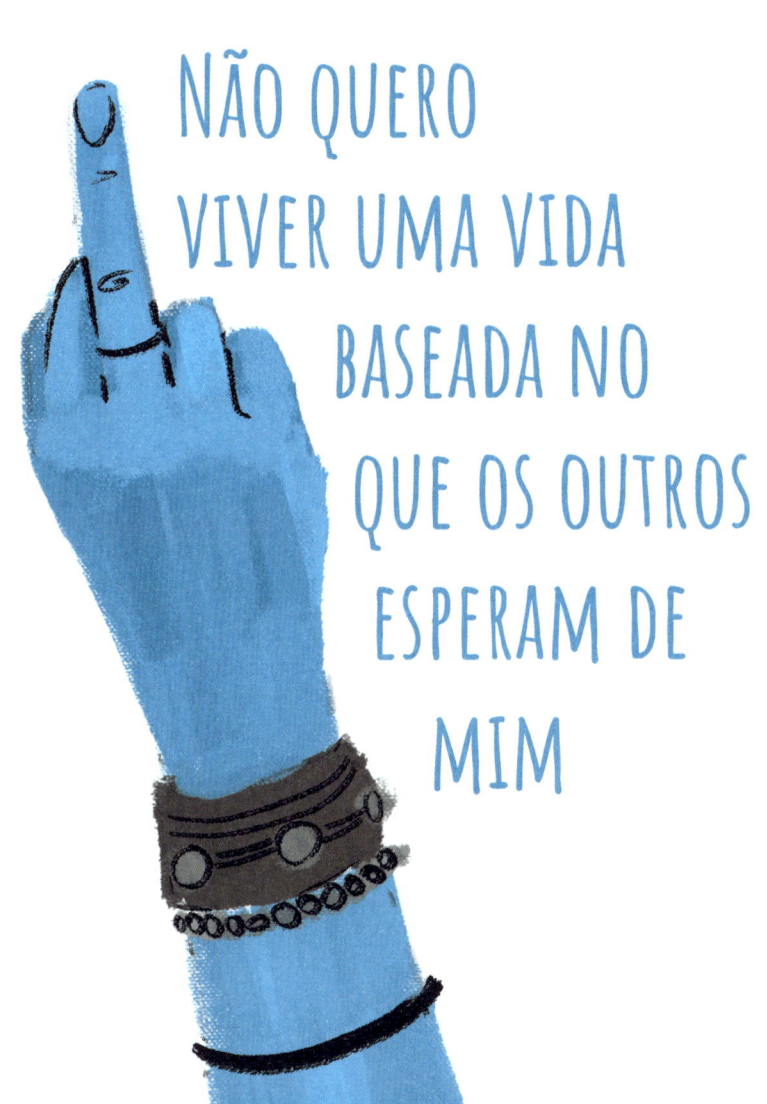

Mulherão

Conheci um mulherão e olha eu não tô falando de beleza e de corpo não.

Isso ela tem de sobra, mas na verdade é o que menos importa.

Mulherão é quem enfrenta a vida com garra e felicidade, sem exageros, mas cheia de vaidade.

Esse mulherão aprendeu a reconhecer os amigos de verdade, porque pra esse mulherão não importa o dinheiro ou as posses o importante é amizade.

Ela tem poucos amigos, mas o que importa é qualidade, não a quantidade.

Ela entendeu que é melhor se mostrar com toda a sua autenticidade,

porque se tem algo que ela odeia, ah, com certeza é a falsidade.

Ela se desprendeu do passado e de todas as coisas que a deixavam com saudade

Hoje ela vive o momento, até planeja o futuro, mas sem ansiedade.

Mulherão da porra cara, aprendeu que maturidade não é questão de idade

E agora ela só dá valor a quem também a enxerga como uma prioridade

Tem pessoas que a chamam de louca e pra ela isso não é nenhuma novidade

Ela é louca sim, vive do jeito como gostaria, mas sem deixar de lado suas responsabilidades

Ela é braba, faca na bota, mas seu coração é um poço de sensibilidade

Cara se tu cruzar com um mulherão assim, segura, pois elas estão em extinção, são pura raridade.

TEM PESSOAS QUE A CHAMAM DE LOUCA E PRA ELA ISSO NÃO É NENHUMA NOVIDADE

Namorar é do caralho

Desculpa a quem gosta de estar solteiro, mas eu acho do caralho namorar

Acho foda ter alguém junto, alguém que realmente se importa contigo

Acho triste demais essa nossa geração que desacredita que uma vida a dois não pode ser verdadeiramente feliz.

Acho triste esses homens que quando o amigo começa a namorar comenta "lá se foi mais um soldado", que guerra é essa que ele estava lutando?

Namorar é foda demais, é poder rir da intimidade, é poder contar segredos, é poder se descobrir e evoluir junto com outra pessoa

Namorar, quando é pra valer, quando é com amor, te torna uma pessoa melhor, mais leve, te leva a lugares que sozinho tu jamais chegaria.

Acho legal quem tem amor próprio, mas acho triste quem desdenha do amor que outras pessoas sentem umas pelas outras.

Quando tu começa namorar, um monte de corvo vem na tua orelha falar:

Não é fácil

Tem que se cuidar

Não dá pra demonstrar tudo que sente

Ao invés de dar os parabéns, ficar feliz por ver o outro feliz, enche o coitado de medo.

Namorar é do caralho, por isso que a gente namora, porque isso nos deixa mais felizes, nos faz viver a vida de forma mais adulta e de forma mais intensa.

Namorar é mergulhar em um mar de amor e nadar ao lado de quem se ama.

Namorar é foda

Um dia você vai me entender

Eu não esqueço porque não me importo, eu sou meio avoado

Às vezes voo tanto que nem sou eu mais do seu lado

Um dia você vai me entender

Às vezes uma palavra sai da minha boca de um jeito que eu não queria

E no segundo seguinte eu sei que isso é algo que eu jamais diria

Longe de toda fumaça que esconde o meu ser

Existe somente o fogo que arde ao te ver

Além de todos os meus defeitos, embaixo das minhas imperfeições

Existe só o meu jeito, meu amor e minhas declarações

Desculpa eu não ser perfeito, desculpa agir estranho sem querer

Espero que um dia você possa me entender

> Tu "coisou"
> meu coração,
> e coube nele
> tão certinho

Você mora no meu coração e não paga aluguel

Você mora no meu coração e não paga aluguel

Com você eu divido meu lanche e até dou meu pastel

Tu "coisou" meu coração, e coube nele tão certinho

Tu é meu céu, meu mar, minha estrada, meu caminho

Acho que nem gente tu é, tu é meu anjo

É só me olhar com o canto do olho que eu me desmancho

Alguns podem dizer que eu fico bobo por ti

Mas eu afirmo que bobo é quem não sente o que eu senti

Por que a gente briga tanto?

Se você acha que vai entrar em um relacionamento e não vão ter brigas, esqueça, nem entre. Um relacionamento feliz vai ter brigas e o segredo não está em não brigar e sim em brigar e continuar tentando fazer dar certo.

Eu conheço um casal que já brigou pelas coisas mais bobas desse mundo. Por ciúmes, por atrasos, por esquecimentos, ele disse que ia embora algumas vezes, ela disse que ele podia ir.

Quem não tem momentos em que tudo parece estar errado?

Olha, eles já tiveram momentos em que brigaram até por série do Netflix

Mas eu lhes perguntei por que eles continuavam juntos. Eles me responderam que entenderam que valia a pena esses momentos ruins porque os momentos bons superaram todos eles.

A gente tem que se apaixonar por quem volte a conversar depois de uma briga. As brigas muitas vezes significam que um se importa com o outro. Às vezes elas são necessárias para se estabelecerem limites nas relações, e às vezes, dessa forma realmente se ouvem as necessidades e se conhece o parceiro de verdade.

Preste atenção nas brigas, elas são indicações de qual caminho um relacionamento pode seguir. Se você ouvir por aí de um relacionamento lendário, que nunca teve brigas, desconfie. Tente nunca começar uma briga, mas tente sempre terminar. Brigar é, acima de tudo, demonstrar que você está preocupado com o parceiro, é também uma forma de dizer que o ama.

Um relacionamento atrás do outro

Não seja dependente de um novo amor pra ser feliz. Não dá pra entender pessoas que tem três grandes amores da vida por ano.

Quem é leal ao seu coração, e à sua antiga paixão, espera cicatrizarem-se os machucados abertos.

Existem muitas pessoas que acham que só vão conseguir se curar de um relacionamento se entrarem em outro.

Existem pessoas que são dependentes de ter alguém pra chamar de amor em suas vidas.

Quando um relacionamento acaba, tentam curar as feridas com um outra pessoa. A minha dica é: Tente antes ficar bem sozinho. Não destrua corações porque sua imaturidade emocional e a falta de amor próprio não te deixam lidar com a solidão.

Não são as outras pessoas que vão fazer o barco do seu amor próprio não naufragar.

Tu só vai parar de sofrer por amor, quando parar de achar que amor se encontra em qualquer esquina.

O amor e o ciúme

Prender alguém com ciúmes e exigências não vai te trazer a felicidade. A felicidade só chega em relacionamentos onde existe amor e confiança

Atire a primeira pedra quem nunca se sentiu inseguro, com medo de perder o seu grande amor.

Mas é preciso ser forte e resistir a esse impulso. Ciúme, controle e sentimento de posse tem um efeito contrário, afasta as pessoas, faz com que elas sintam-se aprisionadas, presas a alguém possessivo.

E qual o segredo para não ser assim, tão ciumento?

O segredo se chama AMOR PRÓPRIO. Quando você se ama tem consciência de que só vem até você as pessoas que você merece. É fantástico perceber que quando temos o amor próprio, o que acontece quase que como uma mágica, é que atraímos pessoas melhores para a nossa vida.

É como foi dito já pelo Mario Quintana

"O segredo é não correr atrás das borboletas…

É cuidar do jardim para que elas venham até você."

E é a mais pura verdade, quando nos amamos, fica mais fácil amar o outro. Ninguém quer alguém que faça um questionário sobre nossos atos, nossos pensamentos, nosso passado o tempo todo. Ciúme em excesso não é saudável, deixa uma energia pesada, e é um ato que distancia e afasta as pessoas que amamos.

Tome consciência que ciúme em excesso é somente um ato de quem ainda não tem amor próprio.

Passado não importa

É importante conhecer o passado do seu parceiro para que assim você possa conhecê-lo verdadeiramente.

O que não pode é usar o passado em brigas, o que não pode é ficar pensando no passado o tempo todo, o que não pode é deixar o passado estar presente.

Tenha em mente que se alguém escolheu estar com você, é porque não quer mais o passado na sua vida, é porque seguiu em frente, é porque o que importa é viver o aqui e o agora junto contigo. Você é o seu presente, não o seu passado. O que fizemos há muito tempo definia a pessoa que éramos naquela época. Mas acontece que evoluímos, já não somos mais aquela pessoa, somos a pessoa de hoje. O ser humano muda, fazemos isso todos os dias, com cada nova informação ou aprendizagem adquirida, e é algo inevitável e incrível.

O passado é real, mas ele não existe mais, pare de ficar se torturando por coisas que ficaram pra trás. Viva o presente, concentre-se no que existe ao seu redor: as pessoas que você está vendo agora, o que está sentindo agora, que você cheira agora, o que come, o que ouve. Viva isso hoje e liberte-se do passado.

Ela fala demais

Ela fala demais, fala, fala, fala muito

Não é para todos esse privilégio, é só pra quem merece.

Então não se engane se a tiver conhecido hoje, ela até parece tímida, mas é só dar um pouquinho de intimidade para abrir a porta do diálogo infinito.

Valorize sua fala, valorize sua entrega de coração de alma e de voz.

Ela fala o tempo todo e fala com ela mesma.

Acho que em outra vida ela foi um rádio.

Há boatos que ela fala até dormindo

Ela fala e nós ouvimos seu coração

Ela fala com verdade, sem freios e com convicção

Ela fala de tudo e às vezes sem pensar

Ela fala demais e eu amo escutar.

NÃO PERMITA SER FEITA DE GATO E SAPATO

Ser gente boa, ser legal é uma coisa. Agora ser boba, ser feita de idiota, fazer papel de trouxa é outra bem diferente.

Tome cuidado com pessoas que não dizem obrigado, não pedem desculpas e não falam por favor, tu pode estar lidando com um folgado.

As pessoas sem noção diminuem você e te desvalorizam dizendo que o que você conseguiu e onde chegou foi sorte.

As pessoas que estão te fazendo de gato e sapato, não admitem que erram e se aproveitam de você.

Mas deixa eu te falar algo, essas pessoas aparecem na nossa vida e fazem esse tipo de coisa, porque a gente permite isso.

Exatamente, é a gente que dá autorização para que elas façam isso.

Por isso ou você se livra dessas pessoas ou exige que elas lhe tratem bem, um obrigado, um por favor faz toda a diferença, fala do que gosta, imponha limites, converse sobre o que te incomoda.

E sinceramente, se essa pessoa não se tocar, que ela vá catar coquinhos e ver se tu ainda continua lá na esquina fazendo tudo por ela.

PAPEL DE TROUXA

Amor pra vida inteira

Antigamente os amores duravam mais tempo. Eles consertavam o que estava errado ao invés de jogar fora. E porque os de hoje já não duram tanto?

Não existe companheirismo sem união.

Não existe amor sem perdão. E hoje em dia as pessoas esquecem de perdoar.

Se tu me disser quem foi a pessoa que tu mais perdoou, eu posso te indicar qual a pessoa que tu mais amou.

Porque o amor desculpa, o amor perdoa.

Pra nascer uma rosa bonita, é necessário nascerem também os espinhos.

A gente só pode ver o sol brilhando se também ver as tempestades.

E só sabemos o que é amor de verdade quando passamos por todas as dificuldades e continuamos fortes.

Um amor verdadeiro resiste ao tempo, aos problemas e às brigas.

Se você acreditava que seu antigo relacionamento era amor, pode até ter sido durante aquele tempo. Mas só é amor de verdade se dura a vida inteira.

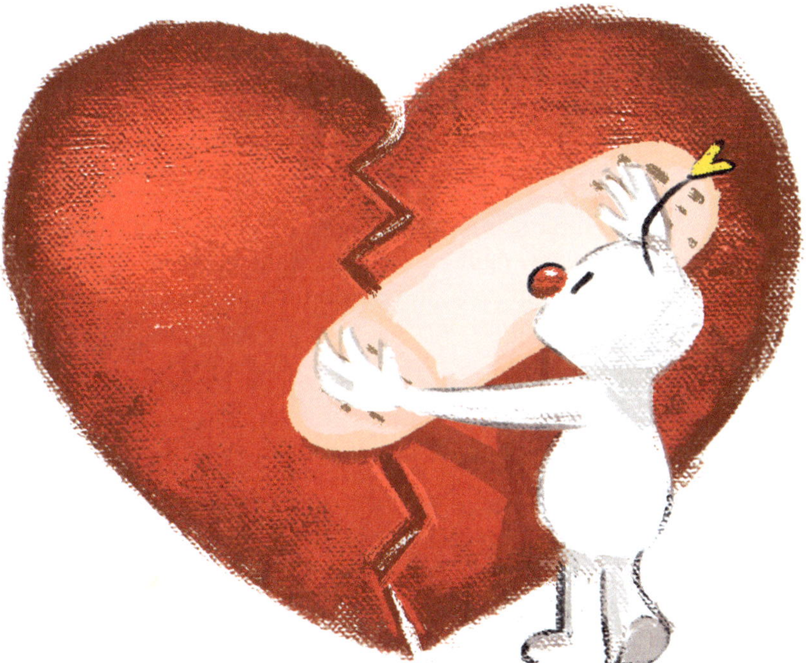

Geração do amor próprio

Hoje em dia ninguém precisa mais ser maltratado e continuar num relacionamento. As pessoas estão tomando consciência de que não precisam mais ficar sofrendo por alguém que não merece.

Antigamente nos casamentos, se passavam anos com mulheres suportando traições, maus tratos, elas aguentavam serem tratadas como um objeto dentro de casa e por vergonha da sociedade não falavam nada, ficavam caladas.

Muitos casamentos só duravam anos, parecendo imaculados e perfeitos, porque as mulheres suportavam caladas os maridos chegando bêbados em casa, depois de uma noitada de farra e às vezes até sendo violentos com elas.

Foi assim com meus avós. De longe parecia um casamento perfeito, de perto e mais adulto eu pude entender o que realmente se passava. Uma geração inteira de pessoas infelizes e gritando em silêncio suas dores.

Hoje vivemos na geração do desapego, a geração que fica solteira com a mesma facilidade com que troca de roupa. Muitas vezes é por besteira, por coisa pouca sim. Mas em contrapartida, vemos muito menos mulheres sofrendo caladas.

Nossa geração aprendeu que se amar, estar à frente de fingir um amor por outra pessoa. Nossa geração aprendeu que o amor próprio é muito mais interessante que a instituição casamento.

Nossa geração não sofre mais por quem não merece.

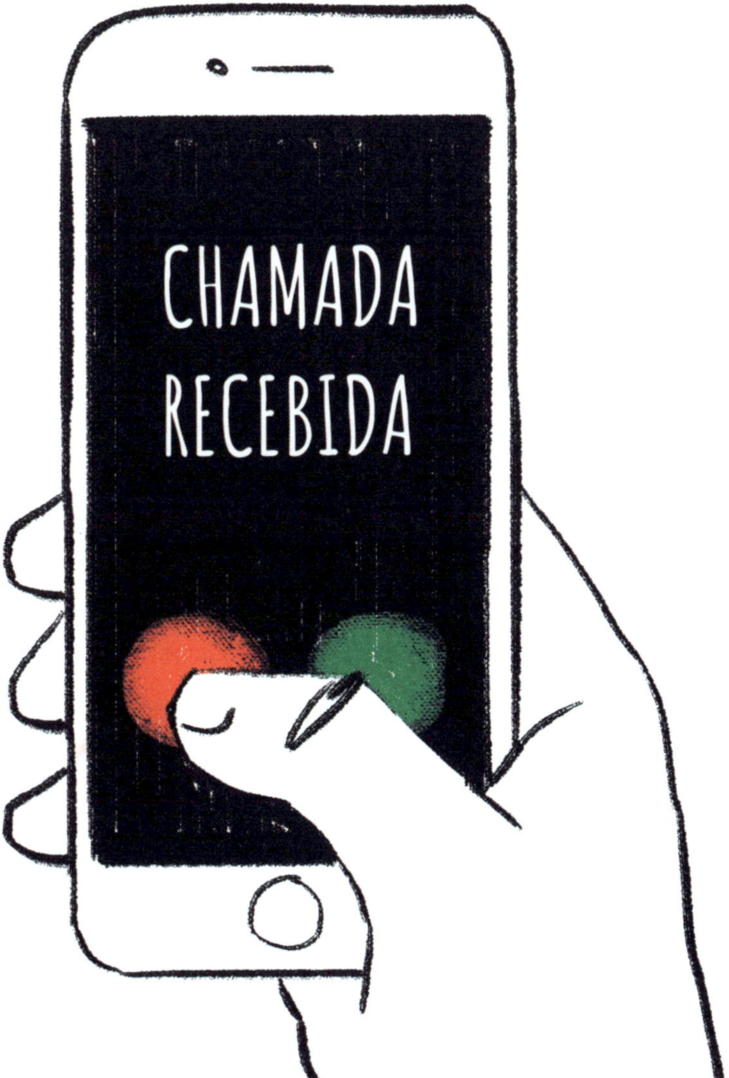
CHAMADA
RECEBIDA

Casalzão da porra

Ele é de boa, ela é maluca.

Ele já a viu nua, já viu feliz e já viu triste.

Ela já viu ele desiludido com a vida, sem forças pra continuar, mas o abraçou e fez ele acreditar que tudo daria certo.

Ele acha ela meiga mesmo braba.

Ela acha ele bonito mesmo desarrumado.

Ele a quer mesmo quando eles estão distantes;

Ela o ama mesmo quando eles brigam.

Às vezes eles parecem não ter nada a ver juntos

E às vezes parecem que foram feitos um pro outro.

Todo dia ela olha pro rosto dele e se convence novamente que o amor existe.

Todo dia ele pergunta se ela ainda o ama, mesmo sabendo que é só ver o olhar dela pra ter certeza disso.

Todo dia o amor faz eles acreditarem que tudo pode ser imortal.

ELES VIVENDO COM TODA A FORÇA DE SEUS CORAÇÕES

Sem se importar com o tempo, idade, porque o que vale é o aqui, é o agora. Eles vivendo com toda a força de seus corações esse amor e sentindo com toda essa intensidade.

Sendo companheiros, amigos e amantes.

Sendo um "casalzão da porra".

MEU CORAÇÃO FICOU DEPENDENTE DE VOCÊ E EM VOCÊ VICIOU

Os outros

Depois que você entrou na minha vida "os outros" não têm mais importância.

Depois que você sacudiu meu mundo, ninguém mais teve relevância

Muitas pessoas entraram na minha rotina, mas você ficou

Meu coração ficou dependente de você e em você viciou

Os outros podem até passar e pintar pela minha vida

Mas é só você que tem o pincel pra deixar ela colorida
Os outros passaram

Os outros até tentaram invadir o meu peito

Mas é só tu quem tem a chave que abre o nosso mundo perfeito

Eu queria dizer que te amo, mas tenho medo

Eu queria dizer que te amo, mas tenho medo

E por isso prefiro deixar assim em segredo

Eu queria deixar esse sentimento me contaminar

Mas tenho medo de me atirar e de novo me machucar

Eu vejo o quanto seria feliz ao teu lado

E como seria bom gritar pro mundo que eu tô apaixonado

Apaixonado sem querer. Apaixonado por te ter. Apaixonado por você

Será que você vai amar se eu te disser o que sinto ou apenas correr?

Se eu não falar o que sinto hoje, acho que eu vou morrer

Eu não queria que você me fugisse ou ficasse metida

Mas vou agora gritar pro mundo que você é o amor da minha vida.

Pessoas tóxicas

Existem pessoas que a gente não perde, se livra.

Estamos rodeados por pessoas tóxicas

Como seria bom se as pessoas viessem com selo de qualidade inspecionadas pelo INMETRO, mas não é o caso.

A verdade é que confiamos em pessoas que não merecem nossa confiança

Acreditamos em quem não merece nossa atenção

E damos valor às pessoas erradas.

As pessoas tóxicas usam o que você diz pra te prejudicar, elas distorcem coisas que você falou, e usam aspectos vulneráveis seus pra te machucar

Você pode identificar pessoas tóxicas porque elas são incapazes de falar a verdade, elas nunca assumem a responsabilidade pelos seus erros e além de tudo não se arrependem do mal que causaram a outras pessoas.

Livre-se hoje de pessoas que estão consumindo sua energia, tirando seu sossego e te puxando pra caminhos obscuros. As pessoas verdadeiramente boas estão sempre por perto e, sobretudo, são capazes de ficar felizes com nossa felicidade e com nosso sucesso.

Somos a média das 5 pessoas com quem mais convivemos no dia-a-dia, por isso livre-se dessas pessoas tóxicas, arme-se de alto astral e energia e verá como o universo conspira ao seu favor.

Para sempre dia dos namorados

Quando nos falamos a primeira vez eu não tinha ideia do quanto tu seria importante pra mim.

Hoje quando conversamos parece que um sabe o que o outro pensa, se me falassem eu não ia acreditar que seria assim. Tudo que eu queria há um tempo atrás era um relacionamento sério e eu ganhei um relacionamento engraçado. Eu ganhei um presentão, pra mim é como se todos os dias fossem o dia dos namorados. As pessoas normais lembram de dizer que amam e demonstram só em datas especiais, mas eu tenho orgulho de dizer que te amo todos os dias e demonstrar esse amor fora do normal. Meu crush, meu mozão, é assim que hoje em dia se diz? Eu e tu juntos descobrimos a delícia que é fazer outra pessoa feliz.

Acho que o amor não é não brigar, mas saber que depois de um abraço tudo vai voltar a ficar bem. Mesmo a gente brigando e discordando eu não imaginaria minha vida com um outro alguém. A gente tem nossas loucuras, coisas que outras pessoas estranhariam, coisas que ninguém mais entende. Mas a gente nasceu pra ser loucos juntos, a nossa maluquice combina, que se dane se a gente é diferente.

Vamos lutar pelo nosso amor, pra continuarmos juntos, pra sermos namorados, mesmo depois de casados. Vamos fortalecer nosso presente, planejar nosso futuro e comemorar todas as loucuras do passado. Vamos amar e ser amados, mesmo quando o outro estiver errado.

Vamos todo dia, e pra sempre comemorar o dia dos namorados.

O amor da minha vida se casou hoje

Meu amor se casou hoje, e ela estava linda, um vestido longo e orquídeas na cabeça, como ela havia planejado pro nosso casamento. Ela sempre quis se casar, sempre quis fazer uma festa para celebrar o amor, eu achava besteira.

Eu não costumava dar atenção pro cabelo dela, e nesse dia eu percebi como ele estava bonito.

Eu não costumava dar importância quando ela se arrumava, e nesse dia eu vi como ela fica ainda mais brilhante quando se arruma.

Eu não costumava ver ela feliz e nesse dia eu percebi um sorriso maior que o seu rosto.

Nunca imaginei que fosse perdê-la, nunca imaginei que ela realmente teria coragem de ir embora, nunca imaginei que ela seria capaz de ser feliz sem mim.

Eu a olhei ali, casando, e viajei pensando que poderia ser eu, que poderia ser comigo, lembrei das promessas de companheirismo que nos fizemos, lembrei que planejamos o futuro, lembrei de como prometemos que seria pra sempre.

Será que ela tinha esquecido que tudo aquilo ela tinha prometido pra mim?

Ainda lembro de nós deitados na cama, conversando sobre tudo até o dia amanhecer.

Adeus.

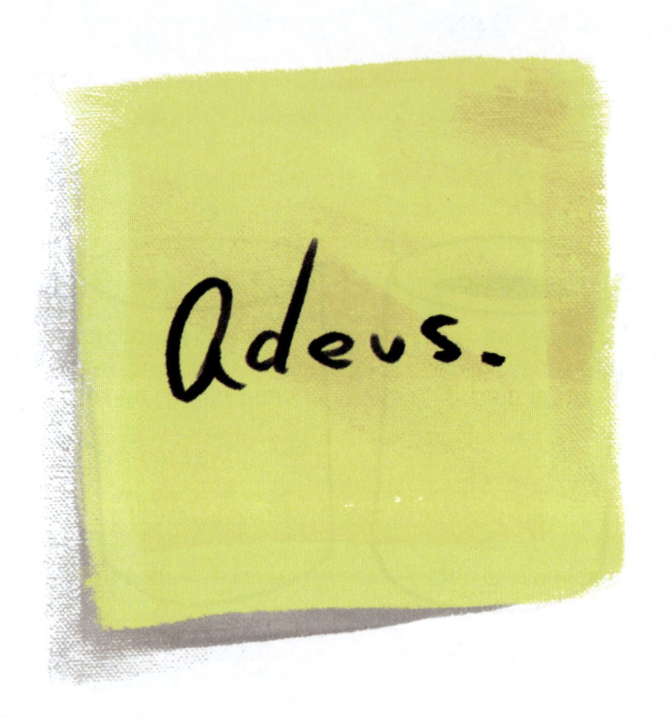

Como eu pude deixar escapar as tardes de filmes, as noites de alegria? Como eu pude deixar escapar as risadas de doer a barriga, os olhares apaixonados? Como eu deixei ir embora as brincadeiras que só a gente tinha? Como eu pude deixar escapar o amor da minha vida?

Ela me viu na porta da igreja, quando seus olhos cruzaram com os meus, ela fez de conta que não me conhecia. Como alguém que estava comigo todos os dias, durante tanto tempo, podia ignorar minha presença?

Seu noivo parecia muito contente. Mal ele sabia como ela pode fazer alguém feliz, esse cara percebeu algo que eu não tinha percebido. Ele percebeu quem está do seu lado. Algo que eu deveria ter feito.

Você caminhou e eu fiquei perdido.

Você se foi e eu fiquei sem abrigo.

No amor você era minha única referência

Hoje meu coração está cheio da tua ausência.

Hoje eu sei que é mentira que damos valor só quando a gente perde, sabemos exatamente o que temos antes de perder. A verdade é que nunca achamos que nosso amor vai levantar e ir embora realmente.

Ansiedade

Será que tudo isso que eu estou fazendo vai ter valido o esforço?

Será que esse é o caminho certo a seguir?

Será que me preocupar tanto com tudo vai fazer com que eu me torne alguém?

Será que eu estou fazendo o certo?

A ansiedade é o que me faz perguntar isso todos os dias

A ansiedade é o que me faz querer tudo logo, e depois querer desistir de tudo

Todos os dias eu sei que eu tenho que fazer algo que faça a diferença

E todos os dias eu não consigo fazer nada que realmente a faça

Mal tive um momento alegre, já me preocupo se eu ainda vou ter mais algum.

A ansiedade não te deixa curtir o momento, a ansiedade não te deixa ver tudo que tu já conquistou, a ansiedade não te deixa viver.

Quero gritar, quero fazer, quero crescer.

Existe um monstro que vive dentro de um buraco, e esse monstro vive dizendo que tu não vai conseguir, vive dizendo que ainda não é suficiente, que o teu futuro vai ser horrível.

A gente tenta lutar com ele, puxando ele num cabo de guerra infinito.

O segredo é parar de lutar, ele ainda dirá coisas horríveis, mas quando deixarmos de lhe dar atenção paramos de nos desgastar.

Ainda falta aprender ser paciente de verdade

Ainda falta aprender a controlar minha ansiedade

Ainda falta fazer meu pensamento ficar mudo

Ainda falta aprender quase tudo

EU NÃO PODIA ME APAIXONAR

Minha mente sabia que eu não podia mais me apaixonar.

Meu coração fazia o favor de rejeitar qualquer pessoa que tentasse entrar nele.

Claro que sim, depois de sofrer tanto por amores que não valeram, qualquer pessoa que trouxesse felicidade era alerta de perigo. Prometi pra mim mesmo que ninguém mais entraria em meu coração, não deixaria ninguém mais chegar perto de ser importante na minha vida. Uma vez li que as pessoas que mais te trazem felicidade são também as que mais te trazem tristeza. Não deixaria ninguém mais entrar na minha vida assim.

Foi quando ela entrou em minha vida, sem querer.

Nos conhecemos na faculdade, No início tudo foi sem sinal nenhum de que essa história mudaria minha vida. Trocamos contato para um trabalho e no dia que começamos a conversar, conversamos sobre tudo, ficamos horas falando sobre a vida, sobre signos, sobre filmes, sobre planos.

Saímos uma vez, nos envolvemos, era fácil conversar com ela, nos demos bem em todos os sentidos, mas não dava pra continuar e eu disse que era melhor a gente não continuar juntos.

Foi horrível, ela achou que eu só queria usá-la, mas foi melhor assim, pelo menos ela não me fez sofrer. Nos dias seguintes ela continuava falando comigo, sendo doce, sendo amiga, sendo ela mesma. Não conseguia ignorá-la, não conseguia ignorar o fato de que alguma coisa me dizia que com ela ia ser diferente.

Os dias se passaram e a gente acabou saindo de novo, foi mais intenso, foi mais verdadeiro, foi com mais entrega. Continuamos saindo por semanas, meses, até que ela perguntou o que era o que a gente estava vivendo, e eu pedi que ela não rotulasse a relação.

As coisas deram uma esfriada, eu me afastei, mas antes que eu pudesse realmente sumir da sua vida, ela pediu que pelo menos eu ficasse mais essa semana.

O que ela estava planejando? Ia tentar me mostrar o quão maravilhosa podia ser pra depois me deixar chorando pela falta dela? Alguns podem dizer que era medo de ser feliz, mas pra mim é proteção, se eu não me entregar pra ninguém, ninguém poderia me fazer sofrer. E eu a deixei, eu prometi que nunca mais falaria com ela até que...

Eu descobri que ela se mudaria para a Irlanda, a única coisa que poderia segurá-la aqui seria eu. A pior parte é que descobri que realmente gostava dela. Eu deixei de ser feliz por medo de realmente ser... Eu deixei meu amor partir por medo de me entregar. Faz alguns anos que não nos falamos mais, ela casou, morou por lá, mas eu sei que o grande amor da sua vida sou eu. O homem não morre quando deixa de viver, o homem morre quando deixa de amar.

EU ESCOLHERIA SOFRER, MAS TER SENTIDO UM POR CENTO DESSE AMOR

Você disse que não

Quando você disse não para o nosso amor, me fez desistir um pouco da vida

Quando você disse não para permanecer na minha história, me fez chorar a alegria que eu tinha
Quando você foi embora, me fez desacreditar que o mundo ainda podia ser colorido

Quando você rejeitou nossa paixão me fez achar que existir já não valia

Quando você não quis assumir o que estava acontecendo eu nem sei te explicar como doeu

Eu te dei todo meu desejo e meu coração e você me deu todo o seu desprezo e sua rejeição

Eu quis ficar, você quis partir

Eu sonhei com a gente, você apagou nosso presente

O mais engraçado é que mesmo que eu pudesse saber que tudo que tu iria me causar seria dor

Se eu pudesse escolher entre te conhecer e não sofrer, eu escolheria sofrer, mas ter sentido um por cento desse amor

Meu filho

Queridos papai e mamãe,

Eu sei que eu não fui esperado, nem desejado, mas tá tudo bem, algumas coisas vêm sem avisar e são as melhores da nossa vida né?

No início deixei vocês assustados, eu sei.

Mamãe chorou, e papai riu feito criança.

Quando vocês contaram pro vovô e pra vovó, eu sei que eles ficaram mais apavorados ainda, mas consegui receber todo o carinho e calor que veio do abraço deles. Mamãe eu te peço desculpas por todas as dores que te causei, mas é difícil me adaptar a esse mundo estranho, desculpa também pelos enjoos, mas é que é bem difícil acertar meus gostos. Tava tão difícil de me ajustar, que eu preferi não ficar por aqui, foram só três meses que eu fiquei com vocês, mas foi muito legal, ver vocês falando sobre os sonhos, os planos que vocês tinham pra quando eu crescesse.

Desculpa mamãe, te fiz ir ao médico três vezes, eu não tava bem realmente. Os médicos não te deram muita atenção, eu vi como você tava sofrendo, eu também estava, mas eles passavam por nós e nem olhavam né? Você quase desmaiou e eles só decidiram fazer algo depois que o papai pagou o hospital. Mamãe, por que as pessoas são assim?

Tudo bem mãe, não chora não, eu vi que tem muita gente que ama você, o papai não desgrudou do teu lado né? Apareceram amigos que tu nem lembrava mais, quero que vocês lembrem de mim como algo que deixou vocês mais fortes, mais unidos, e ainda mais apaixonados, foi breve minha estadia com vocês, mas eu prometo que vou lembrar pra sempre. Amo vocês e lembrem de mim quando o maninho vier.

Meu filho não nasceu, mas a vida nasceu de novo pra nós.

Quando eu saí sem me despedir

Eu saí correndo, sem dizer adeus, sem dizer que eu te amava, sem te dar um abraço apertado. A desculpa é que eu estava sem tempo. Essa é a desculpa que eu dou pra quase tudo, estou sempre na correria. Saí atrasado e não percebi que sorte eu tinha de te ter comigo. Saí atrasado e não entendi que uma demonstração de carinho nunca é tempo perdido. Fui o caminho todo pensando em como eu deveria ter acordado antes, ter saído antes, para chegar antes no meu compromisso. Passei um sinal amarelo, pisei fundo e de repente um carro veio pela contramão.

Foi por muito pouco que eu não bati de frente e acabei com outra vida, e com a minha. Nesse momento eu desacelerei. Aí eu parei pra pensar no que eu tinha feito. Ninguém nessas horas pensa que deveria ter feito uma hora extra a mais. A gente pensa só em quem a gente ama, a gente lembra só de quem é realmente importante para nós. Não é atraso um beijo a mais, um abraço apertado a mais, um "EU TE AMO" a mais.

Hoje eu sei que eu prefiro chegar atrasado, mas de coração inteiro.

Prefiro nem ir se não for pra te dar um beijo primeiro.

Hoje eu falo de todo coração: prefiro chegar atrasado.

Porque não adianta chegar, sem perceber quem anda ao nosso lado.

UMA DEMONSTRAÇÃO DE **CARINHO** NUNCA É TEMPO PERDIDO

Alguém vai vibrar ter te conhecido

A solidão é uma fase e não um estado que vai durar por toda tua vida. Um dia alguém vai ser muito grato por ter te conhecido, não vai mais deixar tu ir embora, não importa quanto tempo tu fique sozinha, uma hora alguém vai te salvar da solidão. Quando o amor brilhar tu vai saber que a pessoa especial finalmente chegou e não vai mais te largar.

Algumas vezes as pessoas têm dificuldade de abandonar o que lhes fez mal, pois tem medo de enfrentar o que não conhecem e preferem sofrer com o que é familiar conhecido e confortável. Mas não importa o que tenha acontecido nesse meio tempo, não importa se realmente houve uma decepção amorosa ou se alguma coisa aconteceu que te fez se proteger de todos que se aproximam.

Uma hora tu vai entender o motivo de todos os relacionamentos terem dado errado, uma hora alguém vai te mostrar porque as outras pessoas não iam dar certo. Na hora certa alguém vai te mostrar porque tua vida tinha se tornado uma rodoviária cheia de partidas e chegadas, mas sem ninguém permanecer. Essa pessoa vai chegar pra curar teus medos e ajudar a superar seus defeitos.

Tu vai curar as feridas, apagar os sofrimentos e reescrever uma história linda de amor. Vai visitar lugares que sempre quis, vai rir como sempre sonhou e amar como nem imaginava.

A pessoa vai surgir do nada e virar tudo na sua vida. Não vai ser fácil esperar por essa pessoa, mas quando ela surgir tu vai ver que tudo valeu a pena. O amor aguenta as pedras, o amor suporta as tristezas, o amor supera os problemas. Quando é amor não vai embora.

DIZER TE PERDOO É UM ATO DE CORAGEM

Pedir desculpas

Pedir desculpas tem um poder incrível, transforma e quebra todas as barreiras

Pedir desculpas não te deixa mais fraco, não te deixa menos bonito, nem menos inteligente

Pedir desculpas não é sinal de fraqueza, pelo contrário, mostra o quanto tu é forte e maduro.

Dizer "me desculpa" muda vida, e mostra o quanto tu entende que erra, que não tem sempre razão, e às vezes é melhor abrir mão da razão pra ser feliz.

Errar acontece com todo mundo, nada nem ninguém é perfeito.

Pedir desculpas é um gesto de humildade, mas dizer que te perdoo é um ato de coragem

Só pedir desculpas te liberta mas só perdoar faz com que tu siga com a vida siga verdadeiramente.

Era pra ser você

Demorou, outras pessoas tentaram, algumas chegaram perto, mas não era pra ser.

Era pra ser contigo, era pra ser agora, era pra ser eu e você.

Era pra ser, você me olhando nos olhos e falando que tudo vai dar certo

Era pra ser, eu te abraçando e falando que vamos passar por tudo juntos

Era pra ser, a gente enfrentando os problemas.

Era pra ser nossa história escrita com o lápis da confiança na folha da vida.

Nós sabemos que não é pra todo mundo viver o que estamos vivendo, sentir o que estamos sentindo e as pessoas de fora podem até desconfiar se é de verdade, mas só a gente sabe como é sentir tudo nessa intensidade. Era pra ser tu me olhando de canto de olho, era pra ser eu compartilhando teus sonhos, era pra ser teu sorriso que ilumina meu dia, era pra ser nosso amor.

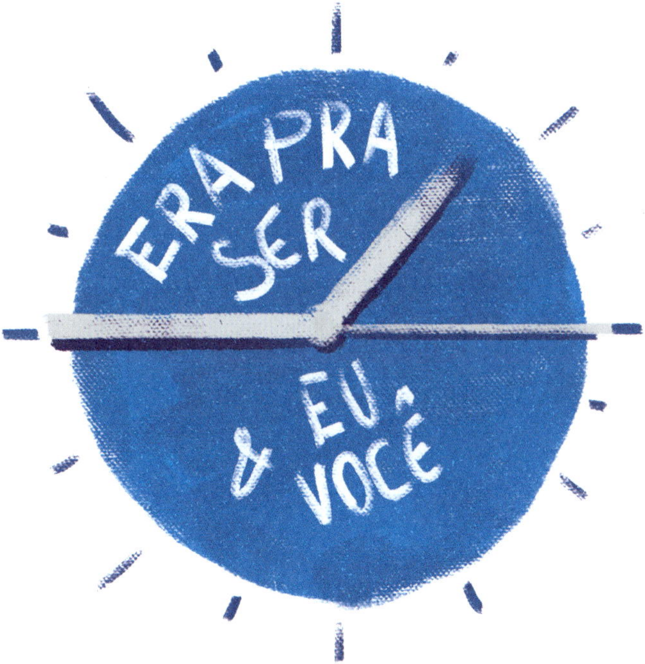
ERA PRA
SER
EU
& VOCÊ

Poesia com chimarrão

(Em homenagem à Poesia com Rapadura de Bráulio Bessa)

Sou desse chão, onde honramos a tradição

Nossa cultura é lembrada todo dia na nossa roda de chimarrão

Temos tudo de bom e como nosso povo não tem igual

As mulheres são chucras de linda e os homens são bagual

Cantamos o hino do Rio Grande do Sul, mais forte que o hino nacional

O frio é só no clima, porque somos quentes e nossa gente é cordial

Somos ensinados desde criança que pilcha não é fantasia

Que bailão, tendeu e ctg é a nossa alegria

Aqui temos ícones como Teixerinha, a música é coisa séria

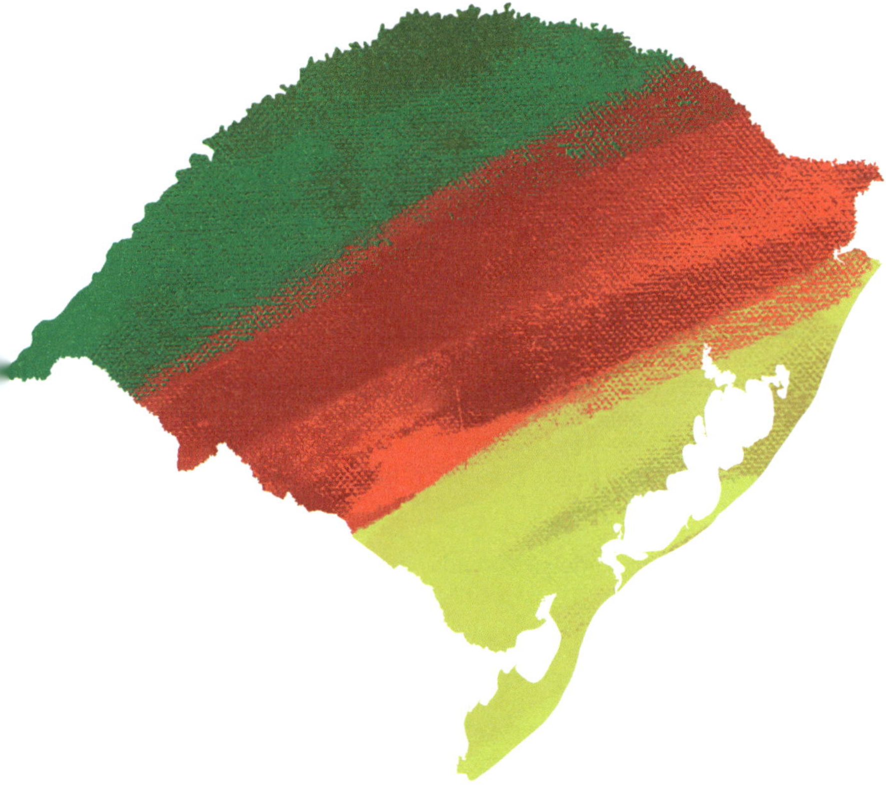

Rima aqui nos pampas tem nome de trova gaudéria

Temos nossa língua própria, aqui bergamota é tangerina

E se fala guria se tu quiser chamar uma menina

Já o dizia minha vó: "com mulher gaúcha não há quem possa"

E a gente sabe que o melhor churrasco do mundo é coisa nossa

Pode reparar que em qualquer lugar do mundo existe uma "churrascaria do gaúcho"

Mas para agradar a gente, é só ter o bom e velho chimarrão, não precisa ter luxo

Posso esquecer de tudo nessa vida, mas tem algo que eu sempre lembro

Amar o meu Rio Grande do Sul, cantar, dançar e comemorar o vinte de setembro

Chucra é braba, difícil de acalmar; Bagual é destemido; Pilcha é a indumentária gaúcha; CTG é o centro de tradições gaúchas; Tendeu é bagunça; Trova gaudéria é um desafio de rimas feito em ritmo típico gaúcho

Eu sempre acreditei no amor

Eu sempre acreditei no amor, sempre acreditei que amar é a coisa mais importante na vida.

Lembro de sofrer na escola por vários amores não correspondidos, lembro de amar história e português, e lembro de como eu sofria por odiar matemática e física.

Eu sabia que o meu objetivo de vida era encontrar um grande amor, não que eu ache que a gente precisa de um pra ser completo, mas era um sonho, como muitos têm o sonho de viajar para Paris, como outros sonham em ficar ricos, meu sonho era viver um amor de verdade, uma paixão pra chamar de minha.

Eu beijei pela primeira vez quando eu tinha 17 anos, eu até tinha dado uns beijinhos na infância, mas beijo mesmo, só com 17, saindo da escola. Pensa no bullying por ser BV que eu sentia todo dia na escola!

Mas tudo tem seu tempo e seu momento, eu passei por mais dois relacionamentos e sei que não estava preparado pra demonstrar o amor do jeito como eu estou hoje.

Antes de escrever esses textos eu já trabalhei com mágica pra empresas e eventos, já fiz palhaço em hospital, já animei festa de 15 anos e casamento, e já fiz muito show de comédia. Meus vídeos na Internet eram só de comédia, eu vivia falando de coisas que

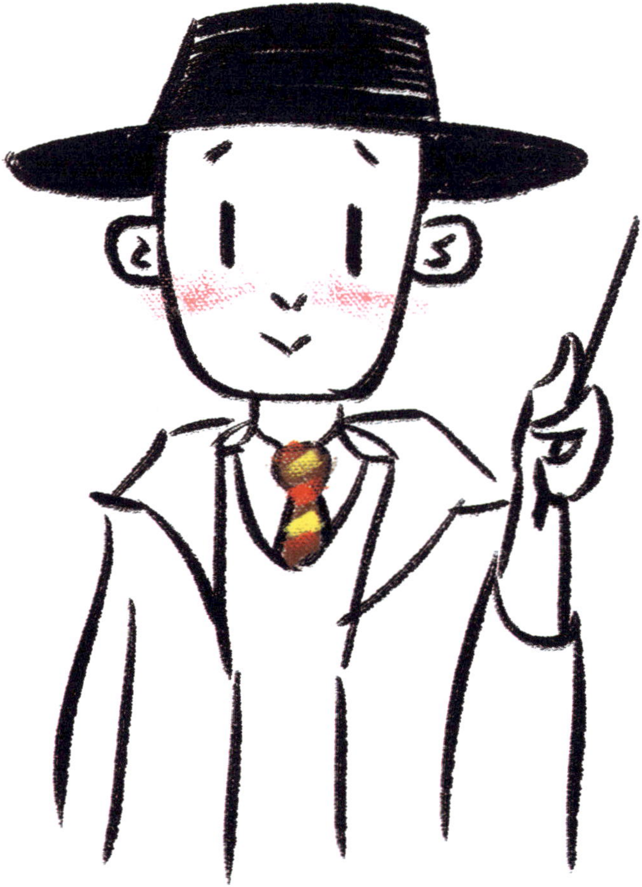

aconteciam aqui no sul do país. Até que o amor entrou na minha vida, foi tão forte, foi tão intenso, que eu tive que gritar pro mundo, e com 27 anos eu descobri duas novas paixões:

minha noiva e falar de amor. Pra mim é fácil, é natural, é verdadeiro tudo que falo nos vídeos e nos textos que eu escrevo, minha vida deu um salto assim que eu deixei que o amor tomasse conta de mim.

O amor me transformou em um ser humano melhor, o amor me transformou em alguém que vê muito mais o lado bom das coisas, o amor transformou meu trabalho e transformou minha vida.

Eu espero que esse livro que tu acabou de ler tenha transformado sua visão de amor e espero que agora tu espalhe esse amor pelas pessoas que cruzarem tua vida também. Espero te encontrar uma pessoa melhor ali na Internet ou quem sabe no próximo livro, por hoje era isso.

Meu nome é Caciano e eu espero ter-te feito cócegas no coração.

Agradeço primeiramente a minha noiva, Andressa Ferreira, musa inspiradora de boa parte dos textos que aqui estão.

Sou muito grato aos quase dois milhões de pessoas que acreditam no amor e também nas minhas palavras através do Facebook, e mais de duas mil pessoas que compraram meu primeiro livro que foi somente digital.

Agradeço aos meus amigos Diogo Elzinga e Felipe Pires, por todas ideias, papos, e paciência que tiveram comigo todo esse tempo.

Meu muito obrigado a meu pai por me mostrar que podemos evoluir, melhorar e mudar a qualquer hora de nossas vidas, agradeço a minha mãe por todo carinho, amor, e aceitação que tive em todos os momentos de minha vida.

Agradeço ao Kamil e a Camila, meus amigos de Chapecó/SC, que sempre apoiaram e acreditaram no meu trabalho, muitas vezes quando nem eu mesmo acreditei. O Leonel que foi a motivação para uma mudança na minha vida, e se tornou o meu amigo mais sábio. Deixo meu muito obrigado aos amigos Eron e Maurício Pretto por acreditarem no meu trabalho e disseminarem ainda mais ele pelas ondas da rede de rádios Mais Nova.

E por fim, agradeço a Jordana e a Editora CeNE, que acreditaram nas minhas ideias e textos e me procuraram para que esse sonho pudesse ser realizado.

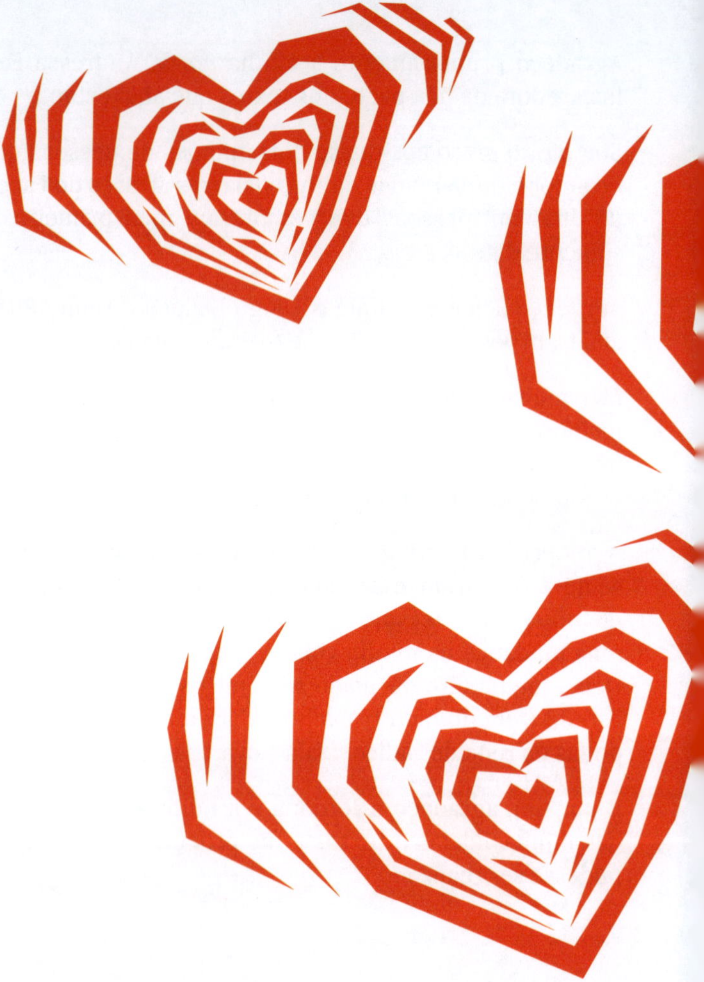

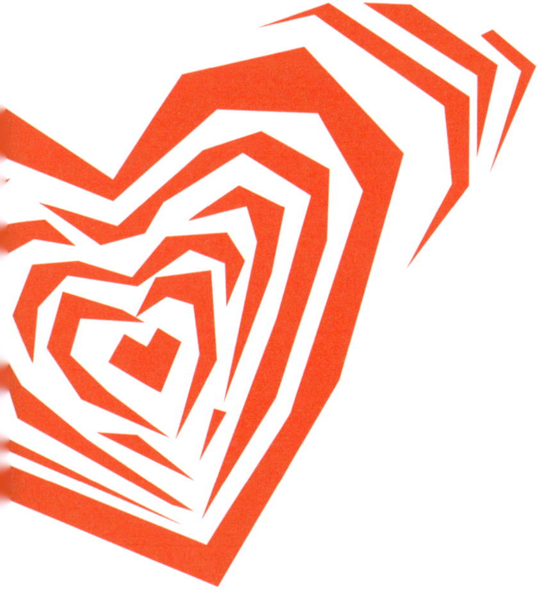

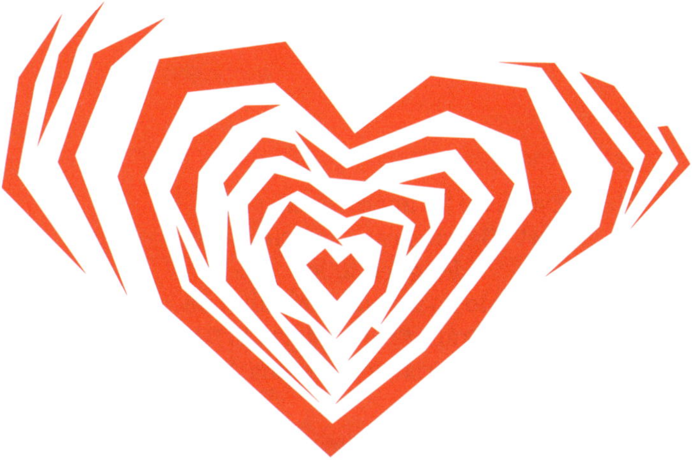

Este livro foi impresso em papel
off-set 90g, com capa em cartão duo
designer 300g.
Produzido no mês de Novembro de
2018, na Gráfica Santa Marta LTDA,
Distrito Industrial, João Pessoa, Brasil.